速報
地下鉄で事件発生
あわや…窮地を救ったのは謎の男性？
都内
午後4時ごろ
乗客は――
彼の
、私はどうにか
助かることができました

もし今ここで逃げたら、
俺は後悔しか残らない人生を
歩むことになる。
俺は別に正義のヒーローに
憧れているわけじゃない。
俺なんかがヒーローになれるはずがない。
だけど……。
罪なき人が抗えずに死んでしまう場面を、
黙って見てられるかよ！
俺は死ぬ覚悟を強く決め、
そしてあの子の前に立った。

「え？　あなたは……？」

俺がやっているアプリはかなり難易度が高く、
音ゲー好きの中でもやっている人は少ない。
だからやっている人と出会えないと思っていたが、
まさかこんなにも近くにいるとは。
やっぱ趣味友最高だな。

「言っておくけど、
私結構やり込んでるから、
勝つ自信しかないよ！」

小悪魔の様に、友里はニヤニヤと笑みを浮かべる。

九条 ひなみ Kujo Hinami
地下鉄で涼が助けた美少女。
テレビに映った姿が『千年に一人
の美少女』と有名になる。
佐々波 友里 Sazanami Yuri
涼の音ゲー友達。明るくさっぱり
とした性格でコミュ力の塊。

古井 小春 Koi Koharu
可愛い見た目とは反対に、性格はドS。何故か涼の正体に気付いていて……。
慶道 涼 Keido Ryo
困っている人を見過ごせないタイプのお人よし。その正体は地下鉄で通り魔を倒したヒーロー。

Vol.1

CONTENTS

口絵・本文イラスト：ひげ猫　デザイン：AFTERGLOW

地下鉄で美少女を守った俺、名乗らず去ったら全国で英雄扱いされました。

水戸前カルヤ

角川スニーカー文庫

23395

プロローグ

二月の上旬のとある日。俺――慶道《けいどう》涼《りょう》にとって、人生初の高校受験が先ほどようやく終わった。今は地下鉄のホームで帰りの電車を待っている最中だ。

第一志望は、私立時乃沢《ときのさわ》高校という、中高一貫校の元お嬢様学校。この高校は、政治家や大企業の社長の娘が多数在籍しているほどの名門校でもある。そんなエリート達が集まるこの学校だが、俺が入学する年からなんと共学になった。

難関大合格者を毎年何人も輩出するだけでなく、設備も整っている。

日本トップクラスの学力と学習環境が揃《そろ》っているからこそ、何としても合格したい。

とは言っても、結果は神のみぞ知るところで、どれだけ願っても未来は変わらない。

結果が出るまでは、もう受験のことは忘れよう。

そして今日は寄り道せずに、さっさと家に帰るか……。

そう思った直後。俺が乗車する地下鉄車両が、「ブー！」と鼓膜を激しく刺激するほどの警告音を発しながら、姿を現した。

静かに停車し扉が開くと、俺はすぐさま車内に飛び移る。

車内には思ったほど人がおらず、所々席が空いている。俺はその内の一つにずっしりと重い腰を下ろし、沈み込んだ。

本当疲れたよ……。今までの勉強によるストレスに加え、受験当日の緊張とプレッシャーで体力がもうほとんど残っていない。

最寄り駅に着くまで時間はあるし、ちょっと寝るか。

俺は瞼《まぶた》を閉じて深い睡眠に入ろうとした、その時。

向かいの席に何とも可愛《かわい》らしい少女が座った。

長いまつ毛に、クリッとした可愛らしい目。スマートな体型と真っ白な肌に、サラサラとした黒の長髪が、清楚《せいそ》さを醸し出している。おまけに出るところは結構出て、締まるところはしっかりと引き締まっている。

それにこの制服って……。

時乃沢高校の中等部のだ。でも何でこんな時間に？

部活は入試でないだろうし。

いや、にしてもこの子……。

モデルに負けず劣らずの容姿だな。すげぇー可愛い……。いや、ぶっちゃけ有名モデルより可愛いぞ、これ。

このままもう少し見つめていたいが、さすがにちょっと疲れた……。
車内は暖房が効いていて暖かいから、疲れた体を癒《いや》すには最高の環境だ。
やばい、瞼が自然と重たくなってきたな。
徐々に視界がぼやけ始め、そしてついに。
俺は深い眠りに入ってしまった。
母さんから貰《もら》った合格祈願のお守りを握りしめながら……。

こうして俺の高校受験が本日終わりを迎えた。
あとは合格通知書が来るかどうか。ドキドキしながら結果を待つのみ。
のはずだったが……。
俺が眠っている間に、まさかあんなことが起きるなんて。
受験を終えた日に、地下鉄通り魔に出くわすなんて、誰が想像できる？

第一話 ― 助けを求める声

俺が疲労のあまり眠りに入ってから、恐らく二十分ほど過ぎた頃。

何故《なぜ》か周囲の音が耳障りで、目が覚めてしまった。

何だ？ 子供が泣き喚《わめ》いているのか？ それとも変な爺《じい》さんが歌でも歌っているのか？

重い瞼を開け、周囲の状況を見てみると……。

必死で何かから逃げる人々の姿が真っ先に目に入った。寝起きの俺でも、明らかに異常だとすぐに気が付いた。

逃げている人達の顔を見てみると、冷や汗を流しながら必死で先頭車両の方へと走っている。

一体何だ？ 何が起きている？

状況が全く読めていない俺だったが、中年の男性サラリーマンの叫び声で、ようやく理解できた。

「通り魔だぁぁ！ 皆逃げろ！」

通り魔という言葉を聞いた時、思わずまだ夢の中にいるんじゃないか、と疑ってしまった。

試しに頬《ほお》をつねってみるが、普通に痛い。何度もつねるが、その度に痛みを感じる。

え……。ってことは、夢じゃないのか？

夢の世界ではなく、現実世界で起きていると自覚した瞬間。

俺は席から立ち上がり、人の流れに沿って先頭車両の方へと走り出した。

濁流に流されていく枯葉の様に、俺は何も考えずただひたすら前へと走った。

その途中で振り返ると、俺の後ろにはまだ何人も逃げる人が続いていた。

だがその一番奥に、刃渡り三十センチほどの鋭利な刃物を持った男が、左右に揺れながらこちらの方へと歩いていた。

刃物の先端には血が少しばかり付着しているのが、何となく見える。きっと何人かは切られたんだろう。

男の容姿はぼさぼさの頭に、やせ細った見た目をしている。それに加え、ニヤリと笑ってやがる。

何なんだよ……。快楽殺人者じゃねぇか！

まずい、まずいぞこの状況は！　ガチでやばい！

きっと誰かが通報して、次に到着する駅には警察や駅員が待機している可能性は高い。

だがそれまでの間どうすればいいんだ？

誰があの快楽殺人者を止める？

車内は密閉空間で走行中だから、外に出ることはできない。次の駅に着くまで、俺達はただ先頭車両に向かって逃げることしかできねぇ。

ちくしょうっ！　早く最寄り駅についてくれ！

何で俺が降りる前に、こんなことをするんだよ。

クッソ！　受験を終えた日に死ぬなんて不幸すぎる！

まだやってみたいこと、体験してみたいことが山ほどあるんだ！

死ぬのだけはごめんだ！

理不尽な運命に歯をギリッと食いしばりながら、全速力で逃げていると、

「キャッ！」

俺の前方から女性の悲鳴が聞こえた。俺は声がした方へ目線を向けると、先ほど向かいの席に座っていた、あの美少女が床に手をついて倒れていた。

どうやら逃げている最中に、転んでしまったらしい。一斉に人が逃げているから、膝や足が当たり、中々起き上がることができないようだ。

そんな状況を横目で見ていた俺は……。

正直何もできなかった。

手を伸ばせば届く位置にいるわけじゃない。仮にあの子と俺の距離が近くだったとしても、人の流れに逆らって手を差し伸べるなんて、できるはずがない。

俺は声をかけることなく、そのまま通り魔がいない車両の方へと顔を向けた。

いや、俺は見て見ぬふりをしてそのまま走った。

今の俺は、きっとクズ呼ばわりされてもおかしくない。

そんなことを思っていると、

「い、いや……。来ないで……。や、やめてくださ……い」

恐怖で震えているあの子の声が、俺の心をグッと掴《つか》んできた。反射的に後ろを見てみると、通り魔が、あの子の目の前で不気味な笑みを浮かべながら立っていた。

キラリと光る刃物が、俺の目には死神が持つ鎌にしか見えない。いや、俺だけじゃなく、あの子の目にもそう見えているはずだ。

通り魔を前にして、あの子の目からは大量の涙が流れ出る。

「い、いや……。まだ死にたくない……」

震える声で最後の力を振り絞り、あの子はこう言った。

「……だ、誰か助けて！」

助けを求める声を聞いたと同時に、俺の体が不思議にもピタリと止まった。

どうにも俺の耳からあの子の声が離れない。離れないんだ。

ちくしょう……。ちくしょう！　ちくしょうが!!
何で受験を終えた日に、こんな最悪な場面に出くわすんだよ⁉
本当なら逃げてぇよ！　誰よりも真っ先に逃げたい！
俺が助けに行ったとしても、無傷で助かる可能性は低いに決まってる！
わざわざ死にに行っているようなもんだ！
でも……。でも。
もし今ここで逃げたら、俺は後悔しか残らない人生を歩むことになる。
あの子にだって、大切な家族や友達がいるだろうし、やりたいことや夢があるはずだ。
きっとそうだよ……。絶対そうだ。
やめよう。逃げるのはやめにしよう。助けに行こう。
もうあんな思いは二度としたくない。
誰も助けに行かないなら……。

俺がやるしかねぇだろ！

覚悟を決めた俺は、逃げ惑う人達に背を向けて、猛ダッシュであの子の方へと走り出した。

きっと周囲の人から、わざわざ死にに行くようなもんだろう、と思われているはずだ。
自分でも勿論《もちろん》自覚している。
俺は別に正義のヒーローに憧れているわけじゃない。
俺なんかがヒーローになれるはずがない。
だけど……。
罪なき人が抗《あらが》えずに死んでしまう場面を、黙って見てられるかよ！
俺は死ぬ覚悟を強く決め、そしてあの子の前に立った。
「え？　あなたは……？」
予想外の俺の登場に、あの子の口から言葉がこぼれる。
「クックック」
通り魔は俺の登場に困惑もせず、不気味に笑い出した。
無差別に人を殺す奴《やつ》の笑みなんて見たくねぇーんだよ。ちくしょう。
「あはははは っ！」
男は奇声を発しながら、右手に持っている刃物を真上に上げた。
こんな状況を前にして、緊張や恐怖を感じない、なんてことは全くない。
めっちゃ怖い。とにかく怖い。
でも、俺が今ここで逃げれば、間違いなく後ろにいるあの子が死ぬ。背を向けて逃げたとしても、この先の人生ずっと後悔することになる。それだけはごめんだ。

ぜってぇ逃げねぇよ……。

男が刃物を振りかざす前に一瞬だけ視線を後ろに向け、俺はあの子に声をかけた。

「今のうちに逃げるんだ。俺が何とかする。だから大丈夫だよ」

この台詞《せりふ》を聞いた直後。あの子は涙を流しながら立ち上がり、先頭車両の方へと逃げていった。

足音が遠くなるにつれ、俺は少しだけ安心した。ホッとした。

だが、こんなことをしても、通り魔が殺戮《さつりく》行為をやめるはずがない。むしろ息が荒くなりどこか興奮しているように見える。

「ひゃはははは！」

振り上げた右手を勢いよく降ろそうとした。成人男性の腕力にこの刃物なら、相手に十分致命傷を与えることができる。もし攻撃を食らえば、出血多量で死ぬ。間違いなく死ぬ。

一見すれば、俺の方が圧倒的に不利。勝ち目はほぼないと言っても過言ではない。

だが、あくまでこれは一般人だったら、の話だ。

生存率がゼロでも、俺ならそれを僅かに上げることができるかもしれない。

俺は中学一年生の時、とある理由で武術を教わっていた。だから、ある程度の格闘経験はあるし、武器を持った相手との戦いも多少慣れている。よく師匠が木刀片手に、俺の体を散々叩《たた》いてきたからな。当然だが当たればとんでもないほど痛い。だからこそ、相手の動きを観察してよく考えてから反撃する。この手順を俺は教わっていた。

この状況で、過去の武術経験を活《い》かすことができるか分からないが、頼るしかない。

俺は緊張のあまり冷や汗を流していると、それが攻撃の合図になってしまったみたいだ。

ブンッ！

空気を切り裂くような音が俺の耳にはっきりと聞こえた。相手が持っているのは刃渡り三十センチほどの刃物。この距離で後退しても男の腕の長さなら届く可能性がある。

避《よ》けても当たるかもしれないなら、こうするまでだ！

バシッ！

俺は後退せず、刃物を握っている通り魔の右手首を、左手で力強く握りしめた。

いや、というより掴むことに成功したと言うべきだろう。男が右手を振り下ろすと同時に俺も左手を出し、刃物が当たる前に手首を掴んだのだ。

「なっ！」

俺の目の前で通り魔は焦り始める。この男はやせ細っている。顔がやつれていてまともな食生活をしていないのが、簡単に分かる。

やせ細っていると当たり前だが筋力量は落ちる。

第二次性徴中の俺の腕力なら、男の右腕を十分に止めることができる！

「あぁぁぁぁぁっ！」

通り魔の叫声が二人しかいない車両内に響き渡る。だが叫んだところで状況が逆転するわけじゃない。

俺はさらに男の右手首を強く握りしめた。

人に迷惑をかけ、理不尽に殺そうとしている奴を、そう簡単には逃がすわけねぇーだろ。

必ず、刑務所に入って反省してもらうぞ！

俺は右手を後ろに引き、勢いをつけて殴りかかろうとした時。

俺の攻撃を防ごうと、男は左手を前に出して構えた。

よし！　ひっかかった！

通り魔は俺の右拳に警戒し、注意を向けている。

だが残念だな。俺の狙いは最初からこの拳じゃねぇ。

右足なんだよ！

通り魔が右拳に注意を向けている隙をついて、俺は男の腹に勢いよく蹴りを決め込んだ。

腕力より脚力の方が圧倒的に強いんだよ！

「ゴフッ！」

通り魔の男は予想外の攻撃に何が起きたのか分からず、そのまま倒れかけた。

だが、このまま倒れるのを見過ごすほど俺は甘くない。

腹に蹴りを入れた際も、俺の左手は通り魔の右手首を離すことなくしっかりと摑んでいた。

俺はそのまま左手をグッと前に引き、倒れかかった男の重心を後ろから前に無理やり変えた。

同時に、俺は再び右拳に力を入れ前へと突き出した。

無理やり引っ張られているので、男は防ぐ間もなく、俺の右拳が顔にヒット。

パァァン！

乾いたような音と共に、今度こそ男は後方へ殴り飛ばされた。

その際、手に持っていた刃物は後方車両の方へと勢いよく飛んでいった。

あの距離なら、再び握られることはもうないだろう。

「う、うぅ……」

通り魔の男はよろめきながらも、立ち上がる。だが先ほどの殺気はどこかへ消えていた。

むしろ弱々しさが漂い始めている。

何しろ至近距離で蹴りと拳を食らったんだ。平気なはずがない。

「あ、あああ……」

通り魔の男がフラフラになりながら立ち上がると、それと連動するかのように電車は停止。

そして駅に着き、扉が開いたその瞬間。

俺は右拳で通り魔の男の左頰《ほお》を勢いよくドアの方へ殴り飛ばした。

「グハッ！」

男はそのまま電車の外へ吹き飛ばされ、ホームの床で意識を落とした。

ブランクがあったとはいえ、拳の威力は落ちていなかったか。

拳二発と蹴りで、どうにか勝つことができた。

怖かったけど、どうにかなったな。

俺は倒れている通り魔の横を通り抜け、一斉に逃げ惑う他の乗客に紛れて改札方面へと向かっていった。

疲れたし腹も減った。警察に俺が倒したって名乗り出れば、帰るのがいつになるか分からん。こんな寒い日の夜に拘束されるのだけはごめんだ。

さっさと家に帰ろう。

他の乗客に紛れ込みながら、俺はそのまま駅を後にし、自宅へと向かった。

だがその帰り道、合格祈願のお守りを車内のどこかで落としたことに気が付いたが、もういいや。今更戻るのもめんどくせぇ。

本当、疲れたよ……。

◇◇◇◇

次の日の朝。

朝ご飯を食べようと一階に降り、リビングに置いてあるテレビに視線を向けると、俺は思わず固まってしまった。

何故《なぜ》なら画面に、『地下鉄通り魔による無差別暴行事件が発生！　一体何が⁉』の文字が映っていたからだ。

昨日の通り魔が取り上げられていた。まあさすがにマスメディアが無視するわけないよな。

テレビで放送されてもおかしくはない。でも、そこまで話題にはならんだろう。

そんなことを思っていたのだが、実際は大きく外れていた。

チャンネルを何度も変えてみたが、どの番組も地下鉄通り魔事件に関する報道ばかり。

ほぼ全ての朝の情報番組で、あの事件が大きく取り上げられていたのだ。

テレビだけでなくＳＮＳも、この話題で大盛り上がり。朝のトレンドにもなっていた。

でも、もう過ぎたことだし俺には関係ないか。あの美少女も助かっていると思うし。

既に朝ご飯を食べている母さんと妹の後に続き、俺も食べ始めた。

テレビに背を向けて座っているので画面は見えないが、音声だけは聞こえる。

内容を聞いた限り、どうやら死者はいなかったらしい。重軽傷を負った人が数名ほど。だが全員命に別状はなく、病院で安静にしている。

良かった良かった。

受験も終わり、通り魔も撃破。一件落着だな。

俺がそんなことを思っていると、男性リポーターによるこんなインタビュー内容が聞こえてきた。

『えー、今回特別にインタビューさせてもらうのは、通り魔に襲われかけた、中学三年生の九条《くじよう》さんです。わざわざお時間を取っていただきありがとうございます』

『い、いえ。お気になさらず』

『ありがとうございます。早速本題に入りましょうか。通り魔に襲われかけたそうですが、どのような状況だったのでしょうか？　また、どのようにして逃げ切ったのでしょうか？』

『はい。私は恐怖のあまり転んでしまい、逃げ遅れてしまいました。通り魔の男と私の距離が目と鼻の先に迫った時、ある男子学生が助けに来てくれたんです。私の前に立って、逃げる時間をくれたんです。彼のおかげで、私はどうにか助かることができました』

『はぁー、そんな勇敢な少年がいたんですね』

『はい。彼はその後、通り魔の男を蹴ったり殴ったりして、見事倒してくれたんです。駅員さんと警察の方が駆けつけた時に男の意識がなかったのは、あの男子学生が既に倒していたからなんです！』

『いやぁ〜、こりゃその学生にとって人生で一番の武勇伝になりますね。スーパーヒーローじゃないですか』

『はい、私もそう思います！』

『是非ともスーパーヒーローからお話をお聞きしたいですが、どうやら彼の目撃情報があまりないらしいんですよね？』

『ええ。彼は名乗らず逃げ惑う人に紛れてどこかへ消えてしまいました。それに、顔もはっきりと見えなかったので、正直本人を見つけることは難しいかと。だからこのインタビューを通して、あの時助けてくれた彼に、感謝の言葉を届けたいです！』

『なんともロマンチックですね〜。果たして、彼女の想《おも》いは届くのしょうか？』

「ブーッ！」

思わず口に含んでいたお茶を思い切り噴いてしまった。

さすがに噴くだろ、この内容は……。

インタビュー内容だけを聞く限り、俺のことまでニュースに取り上げられてね？

俺はテレビの方へ振り向くと、昨日のあの子がテレビの画面に映っていた。

し、信じられん。こんな奇跡があるのか⁉

動揺し冷や汗が流れ始めると、ニュースを見ていた母さんと妹が口を開いた。

「最近こういう事件増えてお母さん外を出歩けないわ〜。本当怖いね〜。ってか涼《りょう》、あんたよく巻き込まれなかったわね。時間帯的に乗る電車も同じだっただろうに」

「い、いやー、俺は一個前の電車に乗ってたから被害はないよ」

勿論嘘《もちろんうそ》だ。咄嗟《とっさ》に嘘を言い、興味がないふりをしているだけだ。

もしテレビで取り上げられていたスーパーヒーローだと打ち明ければ、面倒なことになっちまう。というより、言っても信じてくれないだろうし。

「うちの友達がたまたまこの電車に乗ってて超やばかったらしいよ。この男子学生マジカッコよすぎない？」

中学一年の妹である美智香《みちか》は、目をキラキラ輝かせながら隣に座る母さんに言葉を飛ばした。

「そうねぇ〜。こんな勇敢な子がいるなんてねぇー。カッコよすぎるわ〜。うちのお父さんと息子も見習ってほしいぐらいよ」

「だよねぇ〜。うちだったらもう超惚《ほ》れるわ」

どうやら女性の立場からすると、ニュースで話題となっている男子学生は相当カッコよく見えるらしい。

ところで……今二人が話している男子学生って、俺なんですけど⁉

地下鉄通り魔による
無差別暴行事件が発生！
事件の被害にあった女子中学生
彼は名乗らず逃げ惑う人に紛れて

第二話　全国で英雄扱いされた俺、一方あの美少女は……

通り魔事件から一週間ほどが経過。

これだけ時間が経《た》てば事件も風化していくだろうと思ったのだが、むしろホットな話題になっていた。

インタビュー時に映っていたあの子が、ネットの掲示板サイトでとんでもないくらい話題に。

『可愛《かわい》いすぎる！　俺の嫁にしたい！　結婚してくれ！』

『時乃沢《ときのさわ》の生徒レベル高すぎて草』

『めっちゃ美女じゃね？　テレビに出てるモデルより断然可愛い』

などなど、こんな感じで大人気になってしまった。それに加え、インタビューに応じている時の一枚の写真が、とんでもなく綺麗《きれい》に写っていたため、あらゆるＳＮＳで拡散。

その結果、あの美少女はたった一日にして有名になってしまったのだ。

まあ確かに凄《すご》く可愛いから気持ちは分からんでもない。

そんな彼女にネット民はあるあだ名を付けた。

それが……。

『千年に一人の美少女』

一度聞いたら、思わず聞き返してしまうほどのインパクトがあるよな。

他にもある。

『下界に降臨せし、天使様』

『全日本美少女連盟代表』

わけの分からんニックネームまでできてしまっている。

どうなってんだよ……。

そんなネット民達は彼女のピュアな想いに感動し、血眼になって助けに入った男子学生を、つまり俺を今も尚《なお》捜索しているそうだ。

だが、俺に関する情報はないに等しい。俺を目撃した人は何人かいるらしいが、制服の上に分厚いコートを着ていたので、どこの学校の生徒か分からない。

写真もない上に、所属学校も不明。唯一の手掛かりとしては、あの駅で降りて人ごみに消えていった。その程度だろう。

いくらネットの特定班が優秀だとしても、これだけしか情報がないと、特定はまあ無理だ。

それにしても、世間の俺に対する期待値がとんでもなく上がっている。

数日前に、ネットで『通り魔事件　男子学生』とエゴサしてみた結果、この様な意見が大多数だった。

『助けに行った男子学生勇敢すぎる。尊敬する』

『名乗り出なかったのもちょっとカッコいいよね。英雄だ』

『こんな可愛い子を助けるなんて、神すぎる。よくやった。スーパーヒーロー！』

何で俺まで……。

しかも、男子学生は高身長でイケメン、というデマ情報が一部で拡散されている。

誰だよ、勝手に俺を美化したのは……。

身長は平均的だし、イケメンでもないわ。

これだけ世間から期待され、美化されている中で俺が名乗り出たらどうなるか？

考えただけでもゾッとしてしまう。

俺に有名人になりたいという願望は微塵《みじん》もない。ごく普通の生活を送ることができればそれで……。

将来はそれなりの大学に通って、それなりの企業に就職できれば良いと思っている。

だがもし名乗り出れば、周囲から常に期待され続けるのは確定だ。

そしてその期待に、俺は今後ずっと応え続けないといけない。

俺の残りの人生を、プレッシャーとの戦いで潰したくはない。わざわざ自分から人生の難易度を上げるような真似《まね》をするつもりはない。

それに……俺は中学一年の時に大切な親友を虐《いじ》めから守ることができなかった。

あいつが苦しんでいる時に、俺は助けることができなかった……。

だから、こんな俺がヒーローを名乗る資格なんてあるはずがねぇ。

大切な人を守ることができなかった俺が、周囲から尊敬されていいはずがねぇ。

俺は心の中で強くこう誓った。

――絶対に名乗り出ない。

そうだ、これでいい。目立つようなことを、わざわざしなくていいだろう。あの子の感謝の気持ちはしっかりと届いている。

何としても平穏な学生生活を歩み、そして今後の人生を豊かに過ごすためにも、俺は自分の正体を隠し通す。

正体がバレてしまい、今後の人生難易度が上がってしまう様な破滅イベントだけは、起こしてはならない。

仮に起きそうな場合は、何としても回避する。

絶対にな！

◇◇◇◇

俺が正体を隠し通すと決意してから、あっという間に二週間が過ぎた。時の流れというのは本当不思議だ。自由登校期間中、ずっとゴロゴロしていただけなのに、もうこの日を迎えるとは……。

そう。本日二月二十七日は、時乃沢高校の合格発表が行われる。

昨日の夜から緊張のせいで眠れなかった。加えて、ネットで合格発表の確認はできないから、わざわざ朝早く家を出るハメに。

そのせいで、寝不足気味だよ……。

何で情報化社会なのに合格発表はアナログ式なんだ……。

俺は若干苛立《いらだ》ちを感じながらも、駅から時乃沢高校まで続く一本道を一人で歩く。

今はまだ寒いが、春になり気温が上昇すれば、この一本道にも、桜があちこちで咲く。

満開の桜でピンク一色に染まるこの道を、ピカピカの高校一年生として通りたい。

そんなことを考えているうちに、いつの間にか時乃沢高校に着いてしまった。

正門の前には、『合格発表はこちら』の看板が置いてある。その指示に従い歩いていると、大きな紙が昇降口にドンッと貼り出されていた。

紙にはびっしりと合格者の受験番号が書いてある。

運命の時が来たな。あちこちから、結果に歓喜する者、嘆く者の声が無数に聞こえてくる。

俺はそれらを無視しつつ、張り紙の右端から順番に俺の受験番号があるかを確認する。

やばい……。緊張するな、これ。

徐々に俺の鼓動が速まる中。とある数字を見た瞬間。

俺の心臓は止まりかけた。

受験倍率は驚異の五倍。問題の難易度は高く、下手したら大学入試よりも難しいかもしれない。そんな驚異の高校入試だったが、俺の受験番号がしっかりとそこに記載されていた。

つまり、俺は時乃沢高校に合格し、来月からここに通うことができるのだ。

やった……。合格だ……。

受かったことを実感した俺は、

「しゃあああああああああああ！」

そんな叫び声がいつの間にか口から出ていた。

◇◇◇◇

無事に合格した俺は、事務室で入学に関する書類を受け取り、時乃沢高校を後にした。

俺に残されたミッションは、この書類を無事に家に持って帰ることのみ。

バッグに書類をしまい、先ほどの一本道を歩いていると、とある建物に目を奪われてしまった。

「あれ……。こんな所に二十四時間営業のゲームセンターがあったんだ」

今まで緊張と不安で周りがよく見えていなかった俺は、高校と最寄り駅を結ぶ一本道の途中にゲームセンターがあることに、今気が付いた。

「まあ、合格したし、自分へのご褒美として、ちょっと寄り道するか」

俺はそのまま中に入り、音ゲーコーナーに足を運んだ。一時期は本気でやり込んでいたけど受験で少し離れてたから鈍《なま》ってないかな。

俺はマイマロと呼ばれる、ドラム式洗濯機の様な形をした音ゲーの前に立ち、すぐさまプレイ開始。

円形の画面に次々と現れる音符を、俺はリズムに合わせて叩《たた》いていく。

いやぁー、やっぱワクワクするな。受験前と何も変わってないな。やべぇー。超楽しい！

俺は次々と百円玉をゲーム機に投入。いくら使ったのか分からなくなるほど、一人熱く盛り上がってしまった。

そんな俺が気になったのか、隣でプレイしていた人が、

「へぇ～、君凄い上手だね！」

横から声をかけてきた。

突然話しかけられたので振り返ってみると、私服姿の女子がそこに立っていた。

青みがかった長い髪の毛に、スラッと引き締まった体。加えて身長が百六十センチ後半はある。女子の中では身長が高く小顔でスタイル抜群。しかも結構胸もある。

パッと見た感じだと、多分俺と齢は近いと思う。

さすがに無視するのは気まずいし、適当に返事でもしておこう。

「こう見えても、結構歴長いからな」

「なるほど～、そうなんだ。私さ、小学生の時に音ゲーに出会って以来、凄いハマっているんだ！」

意外だ。いかにもリア充感漂うこの人が、音ゲーに熱中しているとは。

「本当凄いね～。ほぼミスなしじゃん。私なんてフルコンプするのが大変でさ～」

「最初は皆そんなもんだろ。慣れればすぐフルコンプできるよ」

「え〜、本当？　二年近くやり込んでいるんだけどさ、中々全国ランキング上位に行けなくて。何かめちゃくちゃ上手な人が一位から三位まで独占しているんだよね〜。凄《すご》くない？」

「へ、へぇー。そんな上手な人がいるんだ……」

あ、それ俺だ。絶対俺だよ。

帰宅部の特権を活かし、一時期放課後はずっと音ゲーをやっていた。最初はランキング外だったけど、徐々に上達して、いつの間にか音ゲーマスターの称号を獲得するぐらい上《う》手《ま》くなっちまった。

まあその情報は伏せておくか。自慢するのは好きじゃないし。

「私はエンジョイ勢だからあんまりランキングは気にしないんだけど、世の中には凄い人がいるもんだねぇ〜」

「そりゃ日本には一億人以上が住んでいるわけだし、凄い奴《やつ》もいるだろ。あ、気になったんだけど、一人でいつも音ゲーをやっているの？」

「うん。基本一人かな〜」

「まあそうだよな。女子でやっている人は少ないもんな」

「そう！　そうなんだよね〜。皆音ゲーとかやらないから趣味友が少ないの。プリクラとか撮るのも楽しいけど、共通の趣味友が欲しいな〜。サンタさんに頼めばくれるかな？」

「サンタさんに趣味友が欲しいなんてリクエストしたら、親が号泣しちまうだろ……」

俺は思わず顔が引きつってしまった。

にしても、この髪色は地毛なのか？　さすがにそんなわけないか。見るからにハーフでも外国人でもないし。

無意識に青く綺麗《きれい》な長髪を凝視していると、

「ああ、この髪気になる？　私が通ってる学校は校則が緩いんだ。髪染めなんて全然オッケイ！　だからこうしてるの。ねね！　私今日暇だからさ、対戦しようよ」

「え、対戦？」

俺が今プレイしている音ゲーは一人でも複数人でも遊べる。でも、対戦なんて久々だな。音ゲーマスターの腕は受験でどこまで鈍っているか。

「オッケイ。望むところだ」

「やった！　いや〜、実を言うと今日凄く暇でさ〜。私の学校が入試関係で休みなんだよね。部活もないし、退屈だったんだよ〜」

「入試関係で休み？　合否発表で学校が休みとか？」

「うん！　今日は高等部の合否発表なんだ！　といっても私は中等部からエスカレーターで高等部に進むから、入試結果は全然関係ないんだけどね〜」

ん？　待てよ。ここら辺で今日合否発表がある学校は、時乃沢高校ぐらいしか思いつかん。しかも中高一貫校となれば……。

「もしかして君の学校って、時乃沢？」

「そうだよ！　あ、でもよく分かったね！」

「まあな。俺ついさっき合否を確認しに行ったからさ。直感的にそうなんじゃないかって」

俺の言葉を聞いた途端、青髪の子は目を大きく見開き、驚きのあまり声を大きくした。

「うっそ！　本当⁉　お疲れ様！　ど、どうだった⁉」

「落ちてたらゲーセンに来ないよ」

「うおぉ〜！　すっごい！　おめでとう！　今年から共学になるから倍率が高かったのに、凄いね！」

「運が良かっただけだ」

「いやいや！　運も実力のうちですよ〜。あ、じゃあ私達四月から同級生になれるね！」

「もし高校で会ったらよろしく」

「勿論《もちろん》！　いや〜、音ゲーから始まる出会いもあるんだね〜。それに何故《なぜ》か君とは初めて話した気がしないんだよね。まあそんなことはどうでもいいか！　ささ！　ここは今までの受験ストレスを全て発散しましょう！　私がお金を全部出してあげるから！」

「ええ⁉　さすがにいいよ」

「いいから、いいから！　やりましょうか！」

遠慮したが、青髪の子の熱意に負けてしまい、結局俺の分まで払ってもらった。

俺は懐かしい気分を味わいながら、青髪の子と音ゲーに熱中してしまった。

やっぱ音ゲーって楽しいな。家では母さんが合格通知書を待っていると思うけど、寄り道してもいいよな？

合格祝いで思いっきり遊ぶか！　受験生活も今日で終わりだ！


こうして、人生初めての受験がハッピーエンドを迎えた。

四月から新たな学生生活が始まる。ちょっとワクワクするし、どんな出会いがあるんだろうか。

そんなことを考えていたのだが、後に俺は知ることとなる。

俺の高校生活……、破滅イベントしかないということを。

第三話　早速の破滅イベント

季節はすっかり冬から春に変わり、入学シーズンが訪れた。

俺が時乃沢《ときのさわ》高校に入学して最初に不安に感じたことは、あまりの女子生徒の数に萎縮し、果たして俺はここで友達を作れるのだろうかということだ。

入学式に間に合うように家を出て、つい先ほど正門に着いたのだが、あちこちで人が溢《あふ》れ返っている。保護者と記念に写真を撮っている生徒もいれば、さっそく友達を作り輪になっている生徒も。

だがそのほとんどが女子だ。見渡す限り、ほぼ女子しかいない。

この学校は歴史ある中高一貫校のお嬢様学校だったが、今年から共学となった。

とはいえ、やはり女子からの人気は高く、男女比率がとんでもないことになっている。

一クラス当たりの男子の数は一桁だ。

女子がいることは男として勿論嬉《うれ》しいが、逆に飽和状態となると、それはそれで気が引ける。

同性の友達を作り、勉強もしつつそれなりに青春を楽しむとしよう。

そんなことを考えていると、俺の周りで話をしている女子二人の会話が、突然耳に入ってきた。

「第一志望の高校に受かって良かったね！　あ、そういえば、この学校ってあの『千年に一人の美少女』がいるんだよね？」

「そうそう！　生で見れるなんてヤバくない!?　早くお友達になりたいなー。本当、通り魔から守ったあの男子学生に感謝だよね！」

「そうだねー。もう今世紀最高の英雄だよ。どんな人なんだろうなー？　凄くカッコよかったりして」

「もしイケメンなら、ヤバいよね！　私ならもう惚《ほ》れちゃう！」

「だよねー！」

……ギクッ！

その会話内容を聞いた途端、冷や汗が一気に額から流れ出てきた。

事件から結構経《た》っているのに、まだ話題になってるのかよ。

勝手にイケメンだと美化するんじゃねぇ。

実際の俺は決してイケメンじゃないし、むしろ目つきが怖いという理由だけで、女子からモテたことすらない。

そんな俺があの英雄だとこの子達が知ったら……。

『え？　あ、あなたがあの男子学生だったんですね。へ、へぇー。会えて光栄です……』

『わ、私もです……。でも何かイメージしてたのと違う気が……』

みたいなことを言われるに違いねぇ！

幻滅した顔を想像するだけで、心が苦しくなっちまう！

平穏な学生生活を歩むためにも、静かに過ごそう。

俺は改めてそう決意しながら、女子生徒で溢れ返った正門を押し進み、クラス割の紙を受け取った。そしてそのまま入学式が行われる体育館へ向かう。

体育館は少し離れているし、早めに行っておいた方が良いだろう。

そう思い、体育館の方へと足を進めていた時だ。

ドンッ。

俺の足に、いや正確に言うと膝に何かが当たった。

反射的に足元を見てみると、目がウルウルと潤み、今にも泣きそうな女の子がいた。見た感じだと、多分四歳ぐらいだ。

ってか何で一人？　それに泣きそうになっているし。

「どうしたんだ？　お母さんは一緒じゃないの？」

状況がよく分からない俺は、腰をグッと下ろし女の子に話しかけてみた。

すると女の子は小さな口を開け、何かボソッと呟《つぶや》いた。

「……ないの」

「え？　何て？」

反応してくれたのは有難いが、声が小さく言葉が聞き取れない。仕方なく片耳を女の子に近づけ、耳を澄ます。

すると、震えた声で、

「ママがいないの……ずっと探してるけど、見つからない」

こう言っているのがはっきりと聞き取れた。なるほどな。この女の子は迷子なのか。

俺は腰を上げ、周囲を見渡す。子供を必死に探す大人の姿はないし、先生達も生徒の誘導やクラス割の紙を渡すので手一杯。

このままこの子を無視しても、しばらく誰にも相手にされないだろうな。しょうがない。入学式までまだ時間あるし、ちょっと付き合うか。

「俺と一緒にママを探すか？」

「え……？　本当？」

俺の言葉がよっぽど嬉しかったのか、女の子は顔をグッと上げ、期待の眼差《まなざ》しで見つめてきた。

「おう。とりあえず職員室にでも行ってみよう」

「職員室って……？」

女の子は首を傾《かし》げる。

「色んな先生が集まる場所だ。きっと君のママを探すのに協力してくれるはずだ。行こうか」

「……うん」

女の子は小さな頭をコクリと振り、そのまま一緒に職員室へと向かった。

正直、職員室がどこにあるかなんて俺は知らない。だがだいたい校舎の一階にあるはずだ。

適当に歩いていれば、見つかるだろう。

◇◇◇

俺の予想は見事的中し、本校舎に入って数分で職員室を見つけることができた。

職員室のドアを開ける直前、俺は女の子の方に目線を移した。

「ここが職員室だ。誰かしらいるだろうから、ママもすぐ見つかるはずだ」

「……うん」

女の子が頷《うなず》くと同時に、俺はガラガラッと職員室のドアを開け、中に入る。

「失礼します。迷子の女の子を……ん？」

入ってすぐのことだ。

職員室に入ろうとしたら、入学式で出払っているのかほとんど先生はおらず、女子生徒と、アラサーくらいの女性だけがいた。振り向いた女子生徒と目が合う。

あれ、どこかで見覚えが……。いや、そんなことよりも、この女の子を何とかしなくちゃ。

アラサーの女性が先生なのか分からないけど、とりあえず相談してみよう。

そう思った瞬間、真横の女の子がぱっと口を開いた。

「ママ！　ママがいる！」

そう言うと、一直線にアラサーの女性の方へと駆け寄る。女性の方もその声に連動するかのように表情を変え、駆け寄る女の子をギュッと抱きしめた。

「茉莉《まり》！　どこ行っていたの⁉　心配したじゃない！」

「ごめんなさい。ごめんなさい……」

女の子は女性の腕の中で、堪《こら》えていた涙を一気に流し始めた。

そうか。この女性はこの子の母親で、迷子の娘を探すために職員室を訪れていたのか。

十秒ほど抱きしめ合った後、女性は静かに女の子から胸を離し、俺の方へと顔を向けた。

「君がここまで一緒に来てくれたのかしら？」

「あ、はい。正門で迷子になっていたので、ここまで連れてきました」

「そうなのね。本当にありがとう。感謝するわ」

「いえいえ。別にそんな大したことなんて」

「ほら茉莉。しっかりとこのお兄さんにお礼言いなさい」

すると、先ほどまで泣いていた女の子は、手で涙を拭きながら、

「お兄ちゃん、ありがとう」

小さな声でお礼の言葉を言った。

「おう。もうはぐれちゃダメだぞ？」

「うん……」

コクリと頷いた後。母親は女の子を抱っこし、

「九条《くじょう》さんもありがとうね。助かったわ」

女子生徒にぺこりと頭を下げ、そのまま職員室を出ていった。

さて。俺のやることは終わった。ここを出るか。

俺もあの親子に続き、職員室を出ようとした時だ。

「あ、あの！　迷子の女の子を連れてきてくれてありがとうございます。凄《すご》く助かりました！」

女子生徒の言葉に、俺の足は自然と止まった。

そういえば、さっき女の子の母親が、『九条』って言ってたよな。何かどっかで聞いたことのある名前だし、この声も何故《なぜ》か聞き覚えがある。でも、どこで聞いたんだ？

俺は疑問に感じながら振り返り、適当に返事をしようとしたのだが、もう一度九条の顔をしっかりと見た途端。

頭のてっぺんから足の先まで、高圧電流でも流れたのかと思うほどの衝撃が全身に走った。

長いまつ毛に、クリッとした可愛《かわい》らしい目。スマートな体型と真っ白な肌に、サラサラとした黒の長髪。

そしてこの声に九条という苗字《みようじ》。思い出したよ。この女子生徒……。

俺が通り魔から助けた、『千年に一人の美少女』じゃねぇかぁぁぁぁ！

えぇぇ⁉　何でここにいるの⁉　や、やべぇよ！　高校生活の初日から出会ってしまった！

「あ、あの……。どうかしましたか？　凄く驚いた顔してますけど……。もしかして私の顔に何か付いていますか？」

まずい！　急な展開だったから、全部顔に出ていたか。何とか誤魔化《ごまか》さないと！

「い、いやー。全然何も付いてないよ。た、ただ……そ、その……」

「え、えっと……。そ、そうだ！　何でここにいるのかなーって思ったんだ。女の子の母親とここで何をしてたのかなって」

咄嗟《とっさ》に閃《ひらめ》いた案だったが、何とか上手《うま》く誤魔化すことができた。

あっぶねぇ。すっげー不思議そうに俺のことを見つめてきたから、もう無理だと思ったよ。

「そうですよね。普通疑問に思いますよね。あの保護者の対応をちょうどしていたんです。先生達も忙しく、生徒会の私が代わりにここで対応を。こう見えても中学の時から生徒会に所属していたので、こういった仕事を任されるんです！」

「なるほどな。って、生徒会？」

生徒会という言葉に、思わず聞き返してしまった。

「はい。中学三年生の時生徒会長だった人は、進学と同時に高等部の生徒会の一員になれるんです。だから私、新高校一年生ですが、生徒会の一人でもあるのです！」

「それで対応を任されていたのか」

「はい。そういうことです！」

生徒が何で先生の代わりに対応していたんだろうと思ったが、九条は生徒会の一員なのか。さらに中等部の時は会長を務めていたなんて凄いな。

「ただ？」

いや、そんなことはどうでもいいんだ。それよりもとんでもない偶然だぞ。迷子の母親の対応をしていた九条と、迷子を連れてきた俺が、二人っきりで出会っちまうなんて。

神様の野郎……、絶対俺の敵だろ。

「じゃ、じゃあ俺はもう出るよ。もうちょっとで入学式も始まるし」

俺は九条に背を向け、職員室のドアに手を伸ばした。そしてそのまま出ようとした時。

「あの！」

またしても九条の言葉で足が止まってしまった。

「どうかしたか？」

俺は振り返りもせずに、そう返事をすると、九条はこう言い出した。

「その……。私達どこかでお会いしたことがありますか？　あなたの背中を、私はどこかで見た気がします」

あれ……？

何か正体気づかれてね⁉

いや、待てよ……。そうか。助けに行った時、俺は彼女に対し背中を向けていた。だから俺の後ろ姿に見覚えがあるのか！

何としてもここを切り抜けないと、正体がバレる！

今すぐにここを出たいという気持ちと、正体を隠し通したい気持ちで押しつぶされた俺は、思考がまとまっていないのに、振り返ってこう返事をしてしまった。

「い、いやー。俺達は初対面だよー。絶対そうだよ。きっと何かの見間違いじゃないかなー。あはははは」

目があちこちに泳ぎ、冷や汗が流れる。どっからどう見ても怪しいよ。これで誤魔化せるわけがない。

もう絶対に無理だ……、と思っていたのだが、

「そうですよね。きっと見間違いですよね。すみません！　変な勘違いをしてしまって。そんな簡単に出会えるはずないですよね……」

全然気づかれてなかった。

いかにも怪しい俺に対し、九条は疑うことなく真っ直《ますぐ》ぐな瞳をこちらに向けた。

こんな純粋な子に嘘《うそ》をついた罪悪感のせいか、俺はそのままドアを開け、職員室を逃げる様に出ていった。

すまないな、九条。嘘をついてしまって。だが世間からこれだけ評価されてしまっているんだ。下手に名乗り出ることはできない。

それに、お前は『千年に一人』と言われている美少女だ。今後同じクラスにでもならない限り、俺と交わることはない。きっと話すのもこれが最初で最後だ。

俺は振り返ることなく、そのまま体育館へと向かった。

◇◇◇◇

体育館に着いた俺は、空いていたパイプ椅子に座った。席順はランダムらしい。

周りを見ると新入生がほぼ揃《そろ》っているみたいだ。体育館の列の隅から隅まで新入生で埋め尽くされている。

こんなにも新高校一年生がいるのか。ざっと三百人近くはいる。だがその九割ほどが女子だ。

いざこうして並んでみると、やっぱ女子高の名残がある。

特に話す相手がいないので、入学式が始まるまでの時間を、俺は寝て過ごすことにした。

瞼《まぶた》を閉じ、ちょっとばかり眠ろうとした時。

俺の隣の席から誰かが囁《ささや》いてきた。

「ねね、私のことを覚えてる？」

え？　どういうことだ？

左隣の席へ顔を向けると、本日二度目の稲妻が全身を駆け巡った。

だがさっきとは違い、これは感動した際に発生する稲妻だ。

俺の視界に映るのは、同じ中学から来た人でもなければ、小学校の時に別れた同級生でもない。

特徴的な青のロングヘア。それとこの声。間違いない。あの子だ。

「もしかして、ゲームセンターで遊んだあの時の⁉」

青髪の子は、俺の言葉を聞くと嬉《うれ》しそうにウィンクをしてきた。

「ピンポーン！　覚えててくれたんだ！　ありがとう！」

青髪の子とこんなにも早く再会できるとは驚いた。時乃沢高校で学生生活を送っていれば、そのうち会う機会があると思っていたが、このタイミングで来るとは。

女子が大多数を占めるこの空間に少しばかり心細いと感じていた俺としては、なんとも頼もしい。

「改めて入学おめでとう！」

「ああ、ありがとう。よく俺の顔覚えていたね」

「勿論《もちろん》！　共に遊んだ音ゲー仲間の顔はそうそう忘れませんよ～。いや～、神様も良い仕事してくれますね」

「こうしてすぐに再会できたのも、何かの縁かもな」

「ですな～」

「あ、あのさ。名前なんて言うの？」

「私？　そういえば自己紹介がまだだったね。佐々波友里《さざなみゆり》って言うの！　皆から友里って呼ばれてるから、そう呼んで！」

「友里か、良い名前だね。俺は涼《りょう》って言うんだ。涼でよろしく」

「オッケイ！　涼！」

初友ゲット！　これで高校生活ボッチルートを回避できた。

「そうだ。今のうちに聞いておきたいんだけど、涼は何組なのかな？」

「え？　俺の？」

そういえば、さっきクラス分けの紙を正門で貰《もら》った。制服のポケットに入れといたはず。

俺は内ポケットから少し大きめの用紙を取り出し、確認してみる。

どうやら、今年の一年生は全部で九クラス。名簿を見る限り、一クラスあたり三十名と少し。

えっと、俺のクラスは……。

「あ、あった。俺は一年A組だ。友里は？」

「え!?　嘘!?　私もA組だよ！　一緒じゃん！」

マジか。こんな偶然あるのかよ。入学して早々に友達ができたと思えば、さらに同じクラス。

なんか運良くね？

「いや〜、こんなこともあるんですな〜。共学になって初めてできた男子友達が、音ゲー仲間で同じクラスだなんて、凄《すご》い奇跡だね〜」

「確かに凄い奇跡だなー。ん？　俺が初めての男子友達ってことは、今まで彼氏はいなかったってこと？」

コミュニケーション能力が高く、容姿も整っている。他の女子と比べれば、明らかにモテ要素を兼ね備えている。なのに、俺が初めての男子友達とは妙だ。

俺の質問に、友里は右手で後頭部をかきつつ、苦笑いしながらこう答えた。

「いや〜、彼氏なんて一度もできたことないよ〜。小学生の時は中学受験の勉強で忙しかったし、中学も女子としか遊んでないからさ〜」

「他校との交流もなかったの？」

「一応あったんだけど、全然興味なかったな〜。うちの学校と交流のある他校って、基本的に全国でもトップクラスの進学校だから、恋愛より勉強重視の男子が多くってね〜。ま、仮にカッコいい男がいても、私は付き合うつもりないけど。このままだと一生独身かもね〜」

確かに、日本最高峰のT大学に現役で行く人は、恋愛より勉強重視してそうだよな。

でも付き合う気がないのはちょっと意外。何でだろう……。

「ねね！　せっかく再会できたし今度また対戦しようよ！　前回よりかなり上手くなった

よ〜」

友里は小悪魔の様な笑みを浮かべながら、俺の反応を窺《うかが》ってきた。その表情から察するに、本当に自信がありそうだ。まあ、勝つのは俺だけど。

「全然いいよ。全戦全勝するつもりだから」

「本当⁉　じゃあ負けたらアイスを奢《おご》る罰ゲーム付きね！　私絶対勝っちゃうもんね！」

「おうよ！　罰ゲーム付きの方が燃えるな」

「よーし！　日頃の練習もっと頑張っちゃおう！」

パイプ椅子に座りながら、友里は小さくガッツポーズをし、意気込んだ。

その姿を誰よりも近くで見ていた俺は、ちょっとばかりドキッとしてしまった。

高校生活初日で、俺は可愛《かわい》らしい女子と友達になれただけでなく、遊ぶことも約束してしまった。

やべぇな。なんでこんなに運が良いんだ？

さっきは俺の正体がバレそうで危なかったが、結果オーライ。

俺がそう考えていると、壇上に司会進行役であろう教師が登ってきた。予《あらかじ》め用意されていたマイクの前に立ち、静かに話し始める。

やっと入学式が始まるみたいだ。先ほどまでテンションが高かった友里も、『もう入学式が始まるね』と最後に呟《つぶや》いてから、背筋を伸ばし大人しくなった。

キーンッとマイクが音を鳴らした後、入学式が始まった。

「えー、皆様、おはようございます。ただ今から、私立時乃沢高校の入学式を始めたいと思います。まずは新入生代表として『九条ひなみ』さん、お願いします」

教師の言葉の後、黒髪ロングの女子生徒がゆっくりと、壇上に上がってきた。歩く度に揺れる長髪は、日光をキラリと反射させていて、どこか神々しい。

どうにも見覚えがある女子生徒だと思ったら、ついさっき見た顔だ。

あ、そういえば中学では生徒会長だって言ってたっけ？

新入生代表として選ばれるってことは、学業も優秀なのかよ。本当、完璧だな。

さっきは急な展開で焦ったが、本来あんな超がいくつあっても足りない美少女と俺が関わることなんて滅多《めった》にない。あっちが陽なら俺は陰だ。

大丈夫。もうあんなことは起きないはずだ。

そう勝手に思っていたのだが……。

人生はそう思い通りにはならないらしい。

九条がマイクの前に立つと、大人しくなった友里が、隣で話し始める。

「ねね、涼。新入生代表の子いるじゃん？　あの子ひなみって言うんだけど、私の大親友なんだ。教室に行ったら、涼にも紹介するね」

おい、友里今なんて言った？　俺の聞き間違いか？

紹介するって言ったか？

「あのさ友里、今紹介するって言った？」

聞き返した俺に対し、友里はにっこりと笑いながら、はっきりとこう断言した。

「うんさっきクラス分けの紙を見てたら、私とひなみ同じクラスだったの、ラッキーでしょ。ひなみは良い人だから、すぐ仲良くなれるよ」

……なるほどな。そうかそうか。

俺は一度深呼吸をした後、心の中でこう叫んだ。

クソッたれぇぇぇ！

今後関わることなんてないと思っていたのに、何この展開⁉　やっぱり俺神様に嫌われてね⁉

しかも何で友里と九条が繋《つな》がってんだよ！　偶然が重なりすぎて逆に怖いわっ！

「あれ？　涼なんか顔色悪いよ？　どしたの？」

俺の様子が変だと気が付いた友里が心配そうに見つめてくる。その目はまるで『もしかして私変なことでもしたかな？』とでも言っている様だ。

友里は悪くはない。全てはこの悲惨すぎる運命を仕組んだ神が悪い。友里には迷惑をかけられん。

俺は顔が引きつりながらも、

「え、ええ？　い、いやー、そんなことないよ。紹介してくれるのか……。う、嬉しいなー。わ、わーいわーい」

何とか上手《うま》く返事だけはしておいた。

聞き間違いであってほしいという切ない願いは、神様のところに届くどころか、体育館の天井にさえ届かなかったみたいだ。

本来なら喜んでも良いはず。何せ相手はあの『千年に一人の美少女』と言われている女子だ。

紹介されるなんて、そんなビッグイベントは滅多にない。普通の男子生徒なら、大喜びするはずだ。

だけど、俺の場合は別。

紹介されて友達になるというイベントは、正体がバレてしまうことに繋がりかねない。

何でだよ。何で……。

何でこうなるんだあぁぁぁ!?

この先の学校生活……不安しかねぇよ!!

第四話　理不尽っ！

あれから一時間ほどが経《た》ち、いよいよ新しいクラスメイトと初めての顔合わせが始まる。

俺のクラスは一年A組。さっそく教室に足を踏み入れた。

人数は三十二人。そのうち、二十七人が女子生徒で成り立っており、男子はたったの五人。寂しい気持ちもあるが、それ以上に場違い感が半端ない。

パッと女子生徒を見る限りでは、ほとんどの子が可愛い。前後左右どこを見ても、可愛い子しかいねぇ。加えて大多数を女子が占めているせいで、女性専用車両に間違って乗ってしまった気分だ。

場違い感に心苦しさを覚えつつも、黒板に貼り出されている座席表を確認。

席順は見た感じだと、多分適当に決めた感じか。

自分の席を確認した後、これから一年間使う席に俺はずっしりと腰を下ろした。

さて、どうやって友達を作ろうか。

女子が過半数を占めるこの学校でどう青春を楽しむ？

天井を見つめながら考え始めると、

「おお！　涼《りょう》と私の席って隣じゃん！　ラッキー！」

前方から俺の名前を呼ぶ声が聞こえた。

声がした方に顔を向けると、すぐ目の前に友里《ゆり》が立っていた。体育館を出る時に、トイレに行くと言ってたから、今来たのか。

友里は俺の左隣の席に座り、ニコニコしながらこちらを見つめてきた。

「いや〜、まさかここでも隣になれるとは、幸運ですな〜。音ゲーの話題で色々と話したかったから、近くで良かった〜」

「俺も友達が近くの席にいて助かるよ。話せる人がいると安心する」

知り合いが近くにいるのは確かに有難い話だ。

特に入学して間もないうちに、友達ができないとその後の学生生活に支障をきたす。

もし友達ができないと、この男女比率がぶっ飛んだ高校で、俺は一人で過ごさなければならなくなる。それだけは避けたかった。

そう考えていると、友里が突然視線を俺の後ろの方へと向け、口角を上げた。

「おお！　古井《こい》っちもそこの席なの!?」

友里の言葉の後、誰かが椅子を引きずりながら座る音が聞こえた。

スッと顔を後ろに向けると、小さな口にぱっちりとした目、そしてどこか幼さを感じさせる黒髪の少女が、ツンッと座っていた。

おいおい。また美少女の登場かよ。

俺は思わず後ろに座っている子に見惚《みと》れていると、

「何かしら？　私に用でも？」

まるで猛獣が獲物を狙っている様な目つきで俺を睨《にら》んできた。

「い、いやー。な、何でもないよ……」

こ、怖いぃ。警戒されてる。めっちゃ怖ぃ。身長は小さくちょっとロリっぽさがあるけど、性格は全然違った。

多分、この人ドSだ……。出会ってすぐだけど、何となく分かる。

「も～、古井っち！　初対面の人にはもうちょっと優しくしないとダメだぞ！」

友里がすかさず俺のフォローに入ってくれたおかげで、後ろに座っている可愛らしい少女——古井さんは、先ほどよりも少しばかり穏やかな目つきになった。

「友里、その人誰かしら？　もしかして知り合い？」

「そうそう！　合格発表の日に出会って、一緒に遊んだの！　いやぁ～、同じクラスになれるなんて奇跡としか言えないよね～」

「そうね。奇跡の再会ね」

「でしょ！　凄いよね！」

友里の反応に満足したのか、古井さんは視線をスッと俺の方に戻す。

何を言ってくるのか警戒していたが、古井さんは口ではなく小さく細い手を差し出してきた。

「どしたって、握手でもしようかなって思っただけよ。嫌なら別にいいけど」

「え？　どしたの？」

あ、何だよ、ただの握手か。

差し伸ばされた小さな手を、俺はそっと優しく握った。古井さんの手って、柔らかいな。

思わず女子の手の感触に感動していると、

「古井小春《こはる》って言うの。よろしくね」

古井さんはほんのわずかに口角を上げ、俺に笑みを見せてきた。近くで見るとやっぱ凄《すご》く可愛《かわい》いな。

「お、おう。俺は慶道《けいどう》涼って言うんだ。よろしく」

「ええ。こちらこそよろしく。ところで、君の手は結構ゴツゴツしているけど、何かスポーツでもやっていたのかしら？　体の方も筋肉質だし」

「スポーツじゃないけど、武道なら一時期やってたよ。師匠がとにかく厳しい人でな……。色々大変だった」

「ふーん。そうなのね」

古井さんが不気味な笑みを見せた直後。

ギュウウウッ！

痛々しい効果音と共に、古井さんは俺の手を力いっぱい握ってきた。

「あ、ちょ！　古井さん！　強く握りすぎ！　何か変な音が聞こえるんだけど⁉」

引っこ抜こうにもあまりの力ゆえにビクともしない。

何この超人的な力は⁉　そんな小さな体のどこにあるの⁉

「あらごめんさい。本当に武道を習っていたのか確認したかったから、つい力を入れすぎてしまったわ。失礼」

古井さんはそう言うと、静かに俺の手を離してくれた。にしても、なんつー馬鹿力だ。

「古井さん、わざと思いっきり力入れたでしょ？」

俺の問いに、古井さんは呆《あき》れながらもこう答えた。

「そんなわけないでしょう？　ま、ほとんどいたずら心でやったけど」

「やっぱりわざとじゃねぇーか！」

可愛らしい笑みを浮かべる古井さんだが、俺の目には悪魔の笑みにしか見えん……。

やっぱりそうだ。この人ドSだ！　超がいくつあっても足りないドSだ！

「いや〜、すぐ仲良くなれたみたいで良かった〜。あ、古井っちは超ドSだから、気を付けてね、涼」

俺と古井さんのファーストコンタクトに満足したのか、友里はニコニコした表情を浮かべる。

「『千年に一人の美少女』だけじゃなくて、こんなドSも知り合いなのかよ……」

俺の左隣にはコミュ力の塊である友里がおり、後方にはドSである古井さんが座っている。

何だこの席は？　個性強すぎないか？

それに加え、俺の席は廊下側なのだが、数少ないクラスメイトの男子はこぞって窓側の席に……。

俺、男友達作れるのか？　せめて一人ぐらい席の近くに男子欲しいんだけど……。

不安になる俺だが、決して希望がないわけではない。

右隣の席が空いている。つまり、ここに数少ないクラスの男子が座る可能性があるということだ。

これにかけるしかない。マジで男子来い……。来い！

そう思っている時。

誰かが右隣の席にバッグを降ろし、椅子を引いた。そして随分と聞き覚えのある、透き通った綺麗《きれい》な声が聞こえてきた。

「ああ！　友里に古井ちゃん！　私と席が近いんだね！　やったー！」

俺は視線を横にずらし、誰が座ったのか確認した瞬間。
思わず目を見開いてしまった。いや、そうせざるを得なかった。
そして少女の顔を見たと同時に、俺は神を恨んだ。
何でだよ……。何で……。
何で『千年に一人の美少女』が、俺の席の隣なんだぁぁぁ⁉

第五話――理不尽はもう一度来る

「おお！　ひなみがやっと来た！　生徒会の仕事お疲れ〜。いやぁ〜、相変わらず心に響くスピーチでしたな〜」

九条《くじょう》が自身の席に座ると、すぐさま友里《ゆり》が言葉を飛ばした。

「もう〜、ただの普通のスピーチだってば。それにしても、私達三人が一緒のクラスになれるなんてラッキーだね！」

「ですな〜」

「そうね」

九条の言葉に、友里と古井《こい》さんは頭を縦に振った。

九条ひなみ。

中等部で生徒会長を務めるほど人望が厚く、とても明るい。さらに、誰が見ても惚《ほ》れ込《こ》んでしまいそうなほど、容姿が整っている。その上性格も良さそうだ。

学業面に関しても、毎年学年トップクラスの成績を収めていたらしい。

品行方正で容姿端麗。

おまけにネット民から『千年に一人の美少女』なんて呼ばれている。

普通、こんなハイレベルすぎる美少女と同じクラスでさらに席も隣なら、さぞ大喜びだ。

しかし、ちっとも嬉《うれ》しさを感じない。いやごめん嘘《うそ》だ。嬉しいとは感じている。ぶっちゃけ内心めっちゃドキドキしている。めっちゃワクワクしている。

だが、俺の正体がバレたらまずい。絶対にまずい！

通り魔事件で、俺が九条を助けたという事実は誰も知らない。名乗ることなく去っていった影響で、ネット民から英雄扱いされている。

だが実際の俺は親友一人守れなかった男だ。こんな俺が英雄扱いされていいはずがない。

よし！　適当に自己紹介だけ済ませといて、その後はボチボチの関係を築こう。

となれば、挨拶して名前だけ言えばいいか。

そう思っていたのだが、

「ああ！　そうだひなみ！　ひなみにぜひ紹介したい人がいるんだ！」

友里に先手を取られてしまった。

まずい！　まずいぞこれは！

焦る俺とは対照的に、友里は俺のライフポイントを削る言葉をズカズカと言い始める。

「私の隣に座っている男子なんだけど、名前は涼《りょう》って言うの！　合格発表の日に偶々《たまたま》遊んだんだ。凄くない⁉　進学してまた会えるなんて！　神様は私のことを愛してくれているのかな〜」

いや、愛されているのではなく、俺がただ単に嫌われているだけだ。

悪いことをした覚えがないのに、このざまだ。何か逆鱗《げきりん》に触れるようなことをしてしまったのか？

「友里の友達なんだね。よろしく！　私は……ってあれ？　君はもしかして、さっきの？」

「ええ⁉　なになに⁉　二人とも知り合いだったの⁉」

友里が食いついてきた。

「うん。さっき迷子の子をわざわざ職員室まで連れてきてくれたの。まさか同じクラスの人だとは思わなかった」

適当に挨拶して済ませようと思っていたのに、友里のコミュニケーション能力の高さが、裏目に出てしまった。

本当何で思い通りにならないんだ。

「ど、どうも。改めまして。慶道《けいどう》涼って言います」

俺の自己紹介に九条は一礼し、丁寧に言葉を返した。

「私は九条ひなみって言います。友里と古井ちゃんとは中等部から仲良しで、初めて三人で同じクラスになれたの。今日からよろしくね！」

九条はそう言った後、俺に満面の笑みを見せてきた。

めっちゃ可愛いじゃないか！

純度マックスの笑顔を向けられ、鼓動が跳ね上がる。

「よ、よろしくな……。あ、あはははー」

適当に作り笑いしているが、その内心は笑えないほど切羽詰まっている。

同じ学校なのは仕方のないことだ。初めて会った時、時乃沢《ときのさわ》の制服を着ていたからそれは分かっていた。

だが同じクラスで席まで隣はねえだろ。俺の高校生活本当どうなるんだよ……。

あまりの展開に落胆し視線を下に落とした。すると九条のバッグが目に映った。

一見何の変哲もないただの通学バッグ。

しかし、ある物が一緒に付いていた。

そのある物というのが、俺が通り魔事件の時に車内で落としたのと同じ合格祈願のお守りだ。

もしかして九条も俺と同じのを持っているのか？

いや、エスカレーター式で高等部に進学したから、そもそもお守りなんて、いらないはず。

疑問に思い凝視していると、九条が俺の目線に気が付いた。

「どうしたの慶道君？　私のバッグをじっと見て」

「い、いや、何でも……。ただ何で合格祈願のお守りがあるのかなーって」

「ああ、これはね、通り魔から守ったくれた男子学生が落とした物なの。本当は落とし物として届けたいけど、いつかあの男子学生と出会えた時、直接この手で感謝の想《おも》いと一緒に返したいと思ってて。だから持っているの」

「へ、へぇ……。い、いつか会えるといいな、その男子学生と」

「うん！　手がかりがほとんどないけど、このお守りを持っていれば、いつかまた会える気がする！　だからどこに行く時も、持ち歩くようにしているの！」

「そ、そっか。そうなるといいな」

「うん！」

っておい！

やっぱりそれ俺のじゃねぇか！

車内のどこかで落としたのは分かっていたけど、まさか九条の前かよ！

クッソ……。何から何まで不幸すぎる。何故《なぜ》こうなるんだよ。神様は絶対九条の味方だろ！

あまりの悲劇っぷりにしばらく嘆いていると、
ガラガラッ！

教室のドアが開き、若い女性教師が入ってきた。

そのまま壇上に上がり、教室を見渡しながらこう言い始める。

「おーす皆。早速ホームルーム始めるぞー」

随分と若くて綺麗な先生だ。

黒髪の短髪にノーメイクで美人だなんて恐ろしい。しかもスタイルが良く胸もデカいなんて反則だ。

「えー、まずはホームルームを始める前に自己紹介をしないとな。私はA組の担任である華《はな》だ。以後華先生と呼んでくれ」

華先生の自己紹介が終わった後、俺達は早速ホームルームを行った。まあ、やったことは自己紹介ぐらいだ。

名前と出身校、趣味などを話して終わり。至ってシンプルだ。

俺は当たり障りのないことを言い、適当に自己紹介を済ませた。ここで何か目立つことを言う必要は全くない。俺は平穏な学生生活が歩めればそれで良い。

自己紹介の順番がどんどん周り、俺の隣の席、つまり九条の番が来た。

「九条ひなみと言います。中等部からそのまま上がってきました。生徒会の一員でもあるので、気軽に話しかけてください」

本人はこれしか言っていないが、高校入学組には、相当なインパクトがあったらしく、教室内が一瞬にして騒《ざわ》めいた。

九条はネット上で千年に一人と言われているほどの美少女。世間からもっとも注目されている現役女子高校生と言っても過言ではない。

そんなスーパースターが同じ教室にいるんだ。そりゃ、騒然とするわな。

九条の自己紹介に一時教室が騒めいたが、その後は特に何も起きず無事に終了した。

自己紹介も終わったし、これで帰れる。と思っていたのだが、どうやらまだやることがあったらしく、自己紹介が終わると同時に、華先生はこう言ってきた。

「ここで解散したいが、明日から色々と係や委員会を決めないとならん。そこでだ。今日中に学級委員を決めたいんだが、誰か立候補する奴《やつ》はいるか？」

九条の自己紹介の後とは反対に、教室は驚くほど静まり返ってしまった。この状況に、華先生も顔色を曇らせる。

係や委員会の中でもっとも面倒なのが学級委員だ。クラスをまとめるだけでなく、学年全体の風紀も正さないとならん。

そんな面倒な仕事を喜んでやる奴なんて……。

「先生、私やります！」

いた。普通にいた。しかも俺の隣にいたよ。

沈黙が支配するこの場で、それを全く気にも留めず堂々と手を上げたのは、九条であった。

「おお！　本当か九条！　そりゃ助かるよ！」

スーパースターが立候補し、一気に笑顔になる華先生。

「九条が立候補してくれたのは有難いが、あともう一人欲しい。そうだ。せっかく共学になったんだし、男子生徒が良いな。どうだ？　やらないか？」

華先生は教室にいる数少ない男子生徒を一人ずつ見つめる。

少しばかり強気なその目線には、どこか威圧感がある。

学級委員なんてやりたくないし、さらには九条と一緒となるとアウトだ。

俺は何としても正体を隠し通したい。絶対にバレてはならない。ここは適当にスルーしておけば良いだろ。他の誰かが立候補してくれるはずだ。

華先生から目線をそっと逸《そ》らし、知らんぷりをする。

だがそれも無意味だった。

「うーん。誰もいないか……。あ、そういえば、さっき迷子の女の子を職員室まで連れてきた男子生徒の話を聞いたな。このクラスにいないか？」

突然迷子の女の子の話を始める華先生に、俺は動揺を隠しきれなかった。

ま、まずい。まずいぞこれ……。

これあれだろ。その男子生徒が俺と分かったら、学級委員を押し付ける展開だろ！

「先生、その男子生徒なら今私の目の前にいますよ？」

そう言ったのはまさかの古井さんだった。思わず彼女の方を振り返ると、

「ふっ」

悪魔の様な笑みを浮かべた。

こ、このドSがぁぁぁぁ！

俺に学級委員を押し付ける気か！

「おおそうか！　そりゃラッキーだ！　よし慶道！　お前のその行動は素晴らしい。ぜひとも九条と学級委員をしてほしい！　やってくれるよな？」

ですよねー。こうなりますよね！

「え、えっとですね先生……」

口ごもる俺に対し、華先生は謎の笑みを浮かべた。

「やってくれるよな？　け・い・ど・う♡」

いや怖いわ！　ハート付ければ圧力かけてもいいと思ってるの!?　しかも何その満面の笑みは！　怖い怖い！　絶対断ったら恐ろしいことになるよ！

「……。はい、分かりました……」

華先生の謎の笑みに、俺は屈服してしまった。

「そうかそうか！　ありがとな慶道！　これからは九条と一緒にこのクラスをまとめてく

れ！　じゃあ今日は解散！　また明日な！」
こうして、俺は華先生の圧力に屈し、九条と共に学級委員を任されてしまった。
今日一日の出来事がガチでやべぇよ。
偶然九条と再会しただけでなく、同じクラスで席が隣。さらには委員会も一緒。
え、何この展開？　神様俺のこと殺すつもり⁉︎

第六話　人気者は辛い

破滅イベントのオンパレードとなった入学式から、早二週間程が過ぎた。

新高校生としての生活にも何となく慣れ始め、授業も始まった。

さすが進学校なだけあって、授業は分かりやすい。それにクラス全体が落ちついた雰囲気であるため、授業に思い切り集中できる。本当最高だよ。

と、言いたいが、一点だけ問題がある。

その問題が非常にやっかいでな。それは必ず昼休みの始まりを知らせるチャイムと共にやって来る。

お、チャイムが今鳴った。ということは、後少しで来るな。

俺の読み通り、昼休みにのみ発生する厄介な問題ごとが、今日もやって来た。

「あ！　九条《くじょう》さんだ！　一緒にご飯食べよう！　連絡先欲しい！」

「あれが『千年に一人の美少女』か！　すげぇー可愛《かわい》い！　インスタ繋《つな》がりたいな！」

「あんな可愛い子見たことない！　一緒に食堂行きましょう！」

この時間になると、他クラスの連中が俺の隣に座る九条を求めて、一斉に教室になだれ込む。

九条を求めるその姿勢は凄《すさ》まじく、『ちょっと君邪魔』と俺は自分の席に座っているにもかかわらず、何故か邪魔者扱いされ、いつも追い出されちまう。

ちなみに今日で五回目を記録している。

だがこれは俺だけじゃなく、九条の周辺に座る生徒も同じだ。

ここ最近、九条と距離を縮めたいと思う生徒が、彼女を囲む様に一斉に集まる。そのため、他の生徒には大迷惑がかかっているのだ。

その行動が一ミリも理解できないというわけではない。そりゃあれほどの美少女がいて、さらには世間から大注目されているんだ。

もはや九条の存在は、国民的スターとなんら変わらない。そんな大物がいるとなると、お近づきになりたい人が現れても不思議ではない。

かといって、この異常な執着心は何だ？

皆そんなにインスタやＴｗｉｔｔｅｒで自慢したいのか？

俺はＳＮＳとかこれっぽちも興味ないから分からんが、自己顕示欲が強い人は、これだから困る。

写真一枚上げた程度で、人生なんてそうそう変わらないのに……。

そう呆《あき》れつつ、俺は空いている席で静かに弁当を食う。

時折九条の方に視線を向けてみると、とても困惑しながらも仕方なく笑顔で対応している姿が目に入った。

可哀《かわい》そうだがしょうがないことだ。

俺は九条の様子が気になりつつも、弁当に食らいついた。

しばらくの間は、九条の連絡先を求めたり、距離を詰めようとする奴らでクラスがガヤガヤするだろう。

我慢するか。


次の日の昼休み。

俺がトイレから戻ると、教室がいつも以上に騒がしくなっていた。

また席を外さねばならんのか……と気分が落ち込む俺だったが、押し寄せる生徒達の言葉を聞くと、どうやら今日はいつもと違うみたいだ。

「あれ⁉　九条さんがいないぞ！　どこ行ったんだ⁉」

「ねぇ、九条さん知らない？」

「どうして九条さんが教室にいないの……女子トイレの方にもいなかったし」

そう。いつもなら静かに席に座っている九条が、なんといないのだ。まるで神隠しにでもあったかのように、忽然《こつぜん》と姿を消したのである。

九条目当ての生徒達はよっぽどショックだったのか、とにかく大騒ぎ。

彼らにとって今の九条はスーパースター同然。そのスターがいないとなれば、黙っているはずがない。

さらに驚くことに、九条が姿を消したのはその日だけではなかった。

次の日も。またその次の日も。

昼休みになると九条は姿を消す様になった。

他クラスの生徒は九条に会えない日が続き気分が落ち込んだのか、次第にその数が減っていく。さらに一週間も経《た》てば、教室に入る前に九条がいるか確認し、いないと分かればすぐ自分の教室に戻るようになった。

俺としては自分の席で落ち着いて弁当を食えるようになったから有難い話なのだが、少々気になることが一つ。

それは九条本人が昼休みにどこにいるのかだ。

席が隣な俺は、気になってつい九条に聞いてみたのだが、いつもはぐらかされてしまう。

生徒会室に用があるだの、教師に呼ばれただの、そんな感じの返事ばかり。

ちなみに、友里《ゆり》や古井《こい》さんにも同じ対応をしていた。

そんなに生徒会の仕事は激務なのか？　そんなに教師に仕事を任されているのか？

俺はちょっとばかり気になったが、無理に詮索はしなかった。

正体を隠すために必要以上に距離は詰めない様にしている、というのも理由の一つなのだが、これだけではない。

昼休みになると一人教室を去っていく九条の顔がどこか寂しそうで、無理に聞く気になれなかったから、というのが本音だ。

◇◇◇◇

昼休みに九条がどこにいるのか誰も知らない日々が続く中、俺は予想外の出来事からその理由を知ることとなった。

きっかけとなったのは、とある日の昼休みだ。

「はぁー、疲れた……。男だからっていう理由で俺だけパシリかい……」

俺は一人別館の廊下をトボトボと歩いていた。

担任の華《はな》先生に突然呼び出されたかと思えば、『学級委員だから仕事手伝ってくれるよな？』と謎の笑顔で迫られ、反論することなくそのまま昼休みの半分を業務で潰してしまった。

この時乃沢《ときのさわ》高校は生徒や教師が授業をする本館と、授業に使う資料や講義室などがある別館がある。

その別館で授業資料を整理するらしく、何故《なぜ》か俺が手伝うハメに……。

人使いが荒い担任だよ……。

俺はストンッと肩を落とし、深いため息をこぼした。

スマホを見ると、もう昼休みも半分しかない。マジかよ……。

「こりゃゆっくり弁当食ってる時間はないな……」

そう嘆いている時だ。

「あれ？　ドアが開いてるな」

偶然空き部屋の前を歩いていた俺は、微《かす》かにドアが開いていることに気が付いた。

別館の中にいくつか空き部屋があるが、ドアはいつも閉まっている。なのに、この部屋だけ微かに開いていた。

誰かいるのか？

俺は興味本位でゆっくりとドアを開け、中に入るとそこには……。

「ええっ!?　慶道《けいどう》君!?　どうしてここにいるの!?」

まさかの九条がいた。

あの『千年に一人の美少女』が弁当片手にボッチ飯をしていた。

俺の登場にかなり驚いたのか、トマト丸々一つ入りそうなほど口をポカンと開き、箸で挟んでいたウィンナーがすっぽり落ちたことに本人は気が付いていなかった。

「何で空き部屋で弁当食ってんだ？」

「え、えっとね。そ、そ、それは……あの、えっと」

目があちこちに泳ぎ、顔が赤くなる九条。ボッチ飯をしていたところを見られれば、さすがに焦るか。

「何でここにいるのかは詮索しないけど、普通に教室とか食堂で食べた方が良いんじゃないか？」

そう言ってみると、

「それはダメだよ」

つい先ほどまで焦っていた九条が、咄嗟《とっさ》に否定してきた。

焦りや羞恥心といった感情はなくなっており、どこか悲しい顔つきだ。

「私がいたら、皆に迷惑がかかるからダメだよ。落ち着いてご飯を食べられなくなる……」

下を向き、ボソッと呟《つぶや》く。

今の言葉と、ここでのボッチ飯。なるほど。繋ぎ合わせて考えると状況が読めた。

「もしかして、自分が教室や食堂にいたら、他の生徒が落ち着いて食べられないから、ここにいるのか？」

俺の言葉に、九条は静かに首を縦に振った。

九条ひなみは世間から大注目されるほどの美貌の持ち主。あまりに整った容姿をしているため、ネット民から『千年に一人の美少女』と呼ばれ、今では誰しも一度ぐらい見たことがある女子高生になってしまった。

そんな超有名人が自分と同じ高校にいるとなると、一般の生徒が押し寄せてくるのは当たり前。

そして九条はどんな人に対しても優しい性格の持ち主でもある。外見だけじゃなく内面も完璧。だから、押し寄せてくる生徒達にハッキリと嫌だと言いにくい。

穏便にやり過ごすためには、自分が孤独になるのが最善策だと思い、九条はここでボッチ飯をしているのだ。

「その……。慶道君。他の人には言わないでね。言ったら皆ここに来るから」

「分かった。誰にも言わないって約束するよ。でも一ついいか？」

「う、うん」

「九条……。いつまで一人で過ごすつもりだ？」

この問いに、九条は少し黙り込んだ。本人は隠れるだけで精一杯だったから、今後のことなんて全く考えていなかったのだろう。

この状況がいつまで続くかなんて、俺も九条も全く分からない。

最悪、一学期の間は続く可能性がある。

「分からない……。皆の興奮が収まるまではここにいないとね。でも心配しないで！　私全然寂しくないから！　全然平気だから気にしないで！　大丈夫！」

笑顔でそう言ってはいるが、俺の目には全く平気に見えない。昼休みに教室を出ていく時も、さっきここのドアを開けた時もそうだ。

ずっと悲しそうな顔をしていた。

それに女の子の『大丈夫！』なんて言葉は、全く信用できない。あの笑顔もだ。苦しみの中で出た言葉と笑顔にしか思えない。

「……そうか。俺はもう用が済んでるし教室に戻るよ。ここにいたことは他の生徒には秘密にするから安心してくれ」

俺はそのまま静かにドアを閉め始める。

「うん、分かった。ありがとうね慶道君。五時間目にまた！」

その言葉が聞こえた後、俺は教室に向かって歩き出した。

俺は平穏な学生生活を歩むために、正体を隠し通している。

だから必要以上に九条と距離を詰めたり、関わったりするつもりはない。

だが正直、今の彼女を無視することはできない。

矛盾しているのは分かっている。ここは無視するのがベストかもしれない。

でも、何も悪くない九条が苦しい思いをしているのは間違っている。誰かが助けてやらないと、九条はこの先も苦しむことになるかもしれない。

それだけは絶対ダメだ。

「はぁー。しょうがねぇ……」

くしゃくしゃと頭をかきながら、俺はこの状況を打破するために行動することを決意した。

まずは、あの二人に協力を求めるか。

◇◇◇◇

次の日。ただ今昼休みの真っ只中《まただなか》。

俺はとある二人の生徒を連れて、九条がいる空き部屋の前まで来た。

「よし、じゃあ開けるからちょっと待っててくれ」

俺の後ろにいる助っ人《すけと》二人にそう言うと、静かにドアを開けた。

「よっ！　九条。今日もここで一人か？」

「ええっ⁉　慶道君⁉　どうしてまたここに⁉」

やはり、今日もここにいたか。

俺の登場に、昨日と同じようなリアクションを見せる九条。

「ど、どうしたの⁉　私に何か用でも⁉」

「おう。用があって来たんだ。実はな、昼休みに九条とご飯が食べたいって人がいるんだ。そいつらをここへ連れてきた」

俺は視線を後ろに向け合図を送ると、二人の生徒が九条のいる空き部屋へと足を踏み入れた。

最初に飛んできた言葉は、『連絡先教えて！』とか『今度一緒に遊ぼうよ』などではなく、

「おっすー！　ひなみ！　昼休みに見なくなったと思ったら、こんな所にいたんだね～」

明るくて、聞いただけでもちょっと元気になりそうな、友里の言葉だった。

にっこりと笑いながら、ウィンクをするその姿は何とも可愛《かわい》らしい。

続くもう一人は、

「まさかこんな所でボッチ飯とは……。まったくひなみったら……」

見た目ロリだが中身はドSな古井さんだ。額に手を当てながら、九条が本当にボッチ飯をしていたことに、若干呆《あき》れていた。

「えぇっ⁉　友里に古井ちゃん⁉　どうしてここに⁉」

九条は二人の登場に驚いた後、俺に目を向けた。

「慶道君が本当に連れてきたの？　でも何で急に？」

「さっきも言っただろ？　九条と一緒に弁当を食いたい人がいるって。だから連れてきたんだ。勿論《もちろん》、他の生徒には言ってないから、安心してくれ」

昨日の昼休みに目撃したあのことを、俺は友里と古井さんにこっそりと相談していた。

どうして九条が昼休みにいなくなるのか？

何故どこにいるのか誰にも言わないのか？

その真実を二人に話し終えた後、俺はこうお願いした。

『よかったら、九条と一緒に別館で昼休みを過ごしてほしい』

俺の提案に二人は嫌な顔を一切せず承諾。そして今に至るというわけだ。

「涼《りょう》から全部聞いたよ？　私達に迷惑がかからないように、一人でここに来ていたみたいじゃん！　もうっ！　そういうことなら遠慮なく言ってよね！」

友里はプクッと頬《ほお》を膨らませながら、九条の傍《そば》まで近づく。その後に古井さんも続いた。

「友里の言う通りよ、ひなみ。困っていたら、どんな時でも話してちょうだい。面倒なことでも、気にせず相談して。だって私達……」

そして二人は、真剣な眼差《まなざ》しで強くはっきりとこう言った。

「『友達なんだから！』」

この言葉が九条の心に刺さったのか、彼女の目元に微かにだがキラリと光る涙が見えた。

ここ最近の昼休みは、ずっと一人だった。一人寂しくここに隠れていた。

誰にも迷惑をかけたくないから、相談もできなかった。

だが、ようやく傍にいてくれる人が見つかった。

それが嬉《うれ》しくてたまらなかったのか、九条の声が震え出す。

「う、うん……。ありがとう友里、古井ちゃん。ごめんねずっと話さなくて。二人が来てくれて凄《すご》く嬉しい」

何だよ、九条でもそんな声が出るんだな。ちょっと意外。

よし、今後ボッチ弁当を食うことはもうないだろう。

せっかく久々に友達とご飯を食べようとしているんだ。俺は邪魔かな。

さっさとここから出るか。

俺は静かにドアを閉め、そのまま教室へと戻った。

俺の役目は終わり。

後は何事もなかったかの様に九条に接すれば完璧だ。

◇◇◇◇

その日の放課後。

帰りのHRが始まり、華先生が連絡事項を話している時だ。

「慶道君、今日はありがとうね。凄く助かった」

隣に座る九条が、静かにそう言ってきた。

「別に良いよ。気にするな。俺は事情を友里と古井さんに話しただけだ。特に何もしてないよ。礼ならあの二人に言うべきだ」

「二人には勿論お礼をいっぱい言ったよ。でもね。慶道君が話してくれなかったら、こうはならなかった。本当ありがとうね」

「べ、別に良いって」

にっこりと笑顔を見せる九条に、俺の鼓動は速まってしまった。

クソ。可愛いじゃねぇーか。

「あ、そうだ！　忘れないうちに渡しておきたい物があるの。受け取ってくれる？」

九条はスカートのポケットから小さな紙きれを一枚取り出し、俺に渡してきた。

「これ、なんだ？」

「そ、その……、秘密にしておいてほしいんだけど、その紙には私個人の連絡先が書いてあるの。用とかあったらそこに連絡してほしい……かな」

九条は毛先を指でクルクルと巻き、視線をチラチラとこちらに向けては逸《そ》らす。この一連の動作を繰り返していた。

もし、その話が本当なら、この紙に九条の連絡先が書いてあるのか……。

いやいやいやいや！　そんなわけないよな！　きっと俺の聞き間違いだ！

俺はもう一度聞き直してみたのだが、

「私の連絡先が書いてあるから追加してほしい」

結果は同じだった。普通に聞き間違いじゃなかった。

俺は受け取った紙を改めて見てみると、確かに携帯の番号やＬＩＮＥのＩＤが書いてあった。

……え？

マジかぁぁぁぁ！

せ、『千年に一人の美少女』と言われている九条の連絡先を、俺は手に入れてしまったのか⁉

「な、何で急に連絡先をっ⁉」

「そ、その……。慶道君は信用できるから……かな？」

テンパる俺に対し、九条はモジモジと体を小さく揺らした。

「え？　信用できる？」

「うん」

その後も九条は続けた。

「自分で言うのもあれだけど、通り魔の事件を機に、凄い有名になっちゃってね。そのせいで、私の連絡先を求めたり、遊びに誘う人が急に多くなったの。でもいきなり連絡先を交換したり、遊びに行くのには抵抗があって、本当は嫌だった。だから相手が傷つかない様に全部断っていたの」

「笑顔で対応していたのは、そういう訳だったのか」

「うん。でもね、慶道君だけは他の人とは違った。私のプライベートに無理やり干渉してこなかったし、困っている時に助けてくれた。だから、そ、その……。信用できる人だなって思ったの。ただのクラスメイトじゃなくて友達になりたいなって。い、嫌かな？」

真《ま》っ直《す》ぐと俺の目を見つめるその真剣な眼差しから、嘘《うそ》ではないことが分かる。

今まで群がっていた生徒とは違い、無理に距離を詰めようとしない。そこが逆に高評価に繋《つな》がっちまった。

俺はただ単に正体を隠すために、必要以上に関わらないようにしていただけなのに……。

だがそれでも九条は俺のことを信用して、リスクを冒してまで俺に連絡先を教えてくれた。

もしここで断れば、せっかくの九条の想《おも》いを踏みにじることになる。そりゃ男として、いや人として最低だ。

俺の目的は正体を隠し通すこと。だがそのために九条を傷つけることはしちゃならん。

俺は受け取った紙を静かにズボンのポケットにしまった。

「了解。家に帰ったら登録するよ」

「本当!? ありがとう！　でも誰にも教えないでね？」

「分かってるよ。誰にも教えないから安心してくれ」

「うん！　よろしくね慶道君！」

最後の最後にとびっきりの笑顔を見せてくる九条。俺は思わずその可愛さと尊さに理性がぶっ飛びそうになったが、何とか歯を食いしばって耐え抜いた。

◇◇◇

ホームルームが終わった後、俺はそのまま家に直行し、自室に着くとすぐさまベッドにダイブした。

そのまま天井を向き、ポケットに入れておいた連絡先をスマホに登録。

試しに『よろしく！』と送ってみると意外にもすぐに返信が来た。

『やっほー慶道君！　よろしくね！』

このメッセージの後に、『よろしくだワン！』の文字が刻まれた柴犬《しばいぬ》のスタンプが送られてきた。

何だ九条の奴《やつ》、柴犬が好きなんだな。

いや、そんなことはどうでもいいんだ。そんなことよりも、他に考えなきゃならんことがある。

必要以上に関わらない様にしようとしていたつもりが、他の生徒には内緒で連絡先をゲットか……。

あれ？

なんか逆に距離縮まってね⁉

第七話 ―正体がバレた!?

九条《くじょう》と連絡先を交換してから、三日が過ぎた。

本日も何事もなく学校を終え、俺は自室で音ゲーをしている。入学式の日に破滅イベントがかなり重なったが、ここ最近は穏やかに過ごせている。

正体がバレてしまうようなイベントは起こらず、フラグも立っていない。

そうそう。俺はこういう感じの学生生活を歩めれば良いんだ。毎日学校に通いながら、自分の好きなことに没頭する。これができればもう十分。

このままこんな感じの日々が続けば、俺の正体がバレることはないだろうな。

お！　あともう少しで、最高難易度のモードでもフルコンプできそうだぞ。

念願のフルコンプ、つまりノーミスで最高難易度をクリアすべく、俺は意識を音ゲーに全集中させた。

あと、少し……。あと少しでフルコンプできる！

来た！　ラストスパートだ！　ここさえ乗り切れば！

「おにぃー。入るよー」

「ああああああああああああ！　フルコンプ目前でまさかの妹乱入かよ！」

フルコンプまであとほんの少しだったのに！　ちくしょー！

音ゲーやってる時に限って邪魔が入る現象って何て言うの⁉

「何？　おにぃ、ゲームしてたの？」

「全神経を集中させてゲームしてたんだよ！　あと少しでフルコンプできそうだったのに。ってか入る前にノックしたか？」

「めんどくさいから省略した」

「なに勝手に省略してんだよ！　おかげでミスしちまったじゃねーか！」

「ごめ」

「謝罪の言葉も省略すんのかよ！」

俺の妹である美智香《みちか》は、俺とは違い生粋《きっすい》の陽キャだ。

髪は中学生にしては珍しく茶髪で、胸もそこそこある。ほぼ毎日ファッション雑誌やコスメ商品を見ているため、相当お洒落《しゃれ》に気を使っている。

そんな我が妹は、基本家では冷たい。というより塩対応だ。

年頃の妹なんてだいたいそんなもんだろ。

「んで？　何か用？」

「さっき電話がかかってきて、おにぃのクラスメイトだったから、受話器を渡しに」

「え？　電話？　俺に？」

「そう。おにぃに用があるんだって。早く出てあげて」

ポイッと受話器を俺に投げると、そのまま美智香は部屋を出ていった。本当塩対応というか、冷たいというか。

俺は受話口に耳を当て、電話に出た。

「はいもしもし。涼《りょう》ですけど」

話し相手は一体誰なのか？

多少のドキドキ感を胸に秘めていたが、相手の声を聞いた途端。

背筋に悪寒が走った。

「随分と妹さんと仲が良いのね。ちょっと意外だわ」

「この声って……。古井《こい》さん？」

おいおい待て待て待て！

な、何で古井さんが俺の自宅に電話をかけてきたんだ⁉

なんか怖いぞ！　何言われるか分からないし、不安要素しかない。

マジで目的は何なんだ？

「名乗っていないのによく分かったわね。さすがだわ」

「その冷たい声は古井さんしかいないでしょう⁉」

「冷たい声だなんて酷《ひど》いわね。これでも純情な乙女《おとめ》なのよ？」

「純情な乙女は自分でそんなこと言わないでしょ。それで？　用ってなんだ？　ってかどうやって俺ん家《ち》の電話番号を知ったの？」

「……そうね。君が通学路に生徒手帳を落としたりしなければ、知り得なかったわ」

「え？　生徒手帳？」

「あら、気づいていなかったの？　君の生徒手帳があの一本道の途中に落ちていたわよ？」

「本当？」

「ええ。生徒手帳と一緒に入っていた学生証に電話番号が書かれていたから、連絡先が分かったのよ。バッグの中身を確認してみたら？」

古井さんに言われるがまま、俺はバッグの中身を確認してみた。

……ない。

確かにいつも入れているはずの生徒手帳がない。

あ、もしかしたら、イヤホンを出そうとバッグをあさっていた時に、落としていたのか⁉

完全にやっちまった……。

「ごめん、古井さん。落としていることにすら気が付かなかったよ。わざわざ電話で教えてくれてありがとう」

「いいのよ、別に。私って優しいからね。超優しいからね。悪魔が改心してしまうぐらい、心広くて優しいからね」

「いや、普通自分でそういうこと言わないでしょ。しかも三回も同じこと言ってるし」

でも、優しいのは確かだ。こうして電話でしっかりと伝えてくれたおかげで、俺も気が付けたし。

次会ったら、ジュースでも奢《おご》るか。

「ああ、そうそう。生徒手帳のことと、もう一つ言いたいことがあったのを忘れていたわ」

「え？　言いたいこと？」

何だ？　生徒手帳以外にもあるのか？

「学生証を見て確信したわ。君……」

数秒の沈黙後、古井さんは静かにこう言った。

「通り魔からひなみを助けた、あの男子学生でしょ？」

「……はい？」

え、ちょ、嘘でしょ……。

何でだ……。

何でバレたんだぁぁぁ！

平穏な日々が続いていると思った矢先、同じクラスの同級生に正体がバレるという破滅イベントが発生！

いきなり来たなおい！　何でこう俺の高校生活は穏やかじゃないんだよ！

しかもバレた相手がよりによって、あのドS王女古井さんだ！

本来なら言い訳をしたいが、この人を相手にそれが通用するかどうか……。

誰よりも早く俺の正体に気が付いたんだ。確固たる証拠を基に、俺だと推測したに違いない。

にしても、どうやって俺だと特定したんだ？

ネット民でさえ、俺の正体を突き止めていないのに。

頭が混乱して、思考がまとまらん。

「返答がないわね。もしかして、驚きと不安で話すことを忘れているのかしら？」

「い、いや、その……。急に言われたから、び、びっくりして」

「そう。でも否定はしないのね。それってもう認めているようなものよね？」

「い、いやいやいやいや！　俺はあの事件には一切関与してないよ！　古井さんがいきなり変なことを言ったから、リアクションに困っただけだって！」

「ふぅーん。そうなのね。じゃあ、どうして私が君だと推測したのか。その根拠を言ってもいいかしら？」

「……え？　まあ、聞こうかな」

俺の返答の後。

古井さんの完璧すぎる推測に、俺は絶句した。

「学生証に君の住所が記載されていたから、最寄り駅が男子学生が消えた例の駅だと分かったわ。時乃沢《ときのさわ》高校の受験終了時刻から逆算すると、君は通り魔が乗っていた地下鉄に乗っていても不思議じゃない。つまり、時乃沢高校の受験後、君は通り魔がいた地下鉄に乗車し、あの駅で降りたことが予想できる」

……。

う、嘘《うそ》だろ？

何て頭脳の持ち主なんだよ⁉

学生証一つでここまで推測できるなんて、あの高校生名探偵も顔負けだぞ。

「どう？　ここまでが私の仮説なんだけれど、合っているかしら？」

ここで『はい、そうです』って言ったら、もう逃げられない。

このまま古井さんの完璧すぎる推理を聞いていたら、言い逃れする気力が削《そ》がれてしまう。

一旦話の流れを変えよう。そうするしか方法はない！

「で、でもそれだけで、俺だと断定するのは難しいんじゃないか？　事件発生時には多くの男子学生が乗ってただろうし」

これならどうだ？　確かに古井さんの推理は完璧すぎる。でも、まだ俺だと断定できる証拠はない。さぁ。どう出る古井さん！

「そうね。さっきまでは古井さんの流れだったけど、そうはいかないぞ！

「そうね。でも私がそれだけしか証拠を揃《そろ》えていないとでも？」

「まだあるのかよ」

「ええ、あるわよ」

その後も古井さんは、自身が立てた仮説を話し続けた。

「ひなみが合格祈願のお守りを拾ったのを知っているわよね？　あのお守りなんだけど、調べてみたら、君の近所にある稲荷《いなり》神社で手に入るそうね。検索したらすぐ出てきたわ。君は受験生だったから、あのお守りを持っていてもおかしくはない」

こ、言葉が出ねぇ！　鋭すぎる！

「さらに君は過去に武道を習っていた。だから通り魔を倒せてもおかしくはない。普通の受験生じゃ倒せないはずよ。ちょっと長くなったから、一旦整理しましょう。ひなみを助けた男子学生には三つの特徴がある。一つが稲荷神社の近くに住んでいる可能性が高いこと。二つ目が、今年受験生だったこと。最後が、何かしらの格闘技経験があること。この三つだけど、全部君に当てはまる」

ああああ！

何から何まで当たってる！

何でそこまで考えられる⁉

「けど、俺以外にも当てはまる人はいるんじゃないか……。多分」

苦し紛れに言う俺に、古井さんは最後の確証を出してきた。

「じゃあ一つ質問良いかしら？」

「え？　質問？」

「ええ。どうして君は……、ひなみが近くにいると顔が引きつるの？　まるで、一緒にいてはダメだと言っているかのような表情を時々していたわ。席が隣だと分かった時も、同じ学級委員になった時もそう。どこか後ろめたいことがあるように見えた。普通はあんな美少女とお近づきになれるんだから、喜ぶはずよね？」

「なっ⁉」

「こんなことを私が言うのもあれだけど、ひなみって凄《すご》い人気者なのよ。あの事件のインタビューを境に、SNSの総フォロワー数が十万人を超えたわ。有名モデル事務所からオファーが相次いでいるし、『千年に一人の美少女』、だなんて呼び名もついてしまったわ。誰が見ても可愛《かわい》いと思えるひなみを前に、君は何故《なぜ》か避けたがる素振りをしていた。それが最初の疑問点だったの。バレてはいけない秘密を隠し通そうとしている。そう見えた」

や、やべぇぇぇぇ！

無意識に顔に出ていたか！

確かに避けるような素振りはしていた。でも、それを見逃さなかったなんて、古井さんの洞察力が鋭すぎる！

どう言い訳する？　どう切り返す⁉

あぁ！　ダメだ！　何も思いつかない！　焦りと動揺で思考がまとまらない！

「え、ええっとそれはだな……」

「ひなみを避けていた理由は、正体を隠すため。世間の期待値が跳ね上がっている中、正体を明かすのが怖いから。そうでしょ？　それに、助けてくれた男子学生の身体的な特徴を、ひなみからさっき教えてもらったわ。身長は百七十台後半でツンツン頭。これも全部君に当てはまる。まあ言った本人は君の正体に全く気が付いていないみたいだけど」

か、完璧だよ……。

避ける理由まで当てるなんて。言い逃れしようにも、次から次へと痛いところを突いてくる。

本当のことを言うか？

いや、でも相手は古井さんだ。何かしら仕掛けてくるに違いない。

どうすればいいんだ⁉

「無言ということは、必死に否定できる根拠を探しているけど、思いつかず、焦っているからよね？」

ダメだ。もう観念しよう。下手な真似《まね》をしたらどうなるか、想像できん。

まさかもうバレるなんて……。俺の平穏な学生生活が……。

「ああ。そうだよ古井さん。俺があの男子学生の正体だ。頼むからこのことは口外しないでくれ。色々と面倒なことが起きるかもしれないし」

俺の正直な返答に、古井さんは何故か数秒間黙り込んだ。

電話越しだから相手の表情や態度は一切分からない。

古井さんが今何を思い、考えているのか？

これを一番知りたいが、さすがに黙り込まれたら、知る由《よし》もない。

「あ、あの古井さん？　どうしたの？　もしかして電波が悪くて聞き取れなかった？」

俺がそう言うと、まるで空想から現実に戻ったかの様に、古井さんが先ほどの調子で再び話し始めた。

「ごめんなさい。ちょっと考えていただけよ。まさか君があの男子学生とはね。言い当てておいて何だけど、未《いま》だに現実味がないわ。っていうか、嘘つくの下手ね。半信半疑のつもりで言ったのだけど」

「古井さん相手に嘘が吐《つ》き通せるかよ……」

「そうね。まあでも安心しなさい。君が名乗り出ない理由も少しばかり分かるから。全国で英雄扱いされている中、名乗り出るのもかなり勇気がいるだろうし。条件次第で、口外しないと約束してあげる」

「理解があって助かるよ。ん？　ちょっと待って。今なんて言った？」

「聞こえなかった？　条件次第では君の正体を黙っておいてあげるわ」

え？　ガチですか⁉

でも、条件ってのが気になるが従っておこう。

それさえ守れれば、俺の正体を黙っておいてもらえるわけだ。

やるしかない！

「ありがとう古井さん。それで、条件ってのは何なんだ？」

「大したことじゃないわ。明日、つまり土曜日にちょっと買い物があるから、付き合ってちょうだい」

「え？　それだけ？」

「ええ。それだけ」

「古井さんの割には条件が緩すぎないか？　てっきり俺のことをこき使うのかと」

「あら？　じゃあそっちに変更する？　私としては何も問題がないし、下僕が増えるから別に良いのだけど」

「あ、すみません。さっきの条件でお願いします」

既に下僕が何人かいるのかよ。怖いなおい。

「素直でよろしい。それじゃ、明日の集合時間と場所を言っておくわ。時間厳守だから遅れたら容赦しないわよ？」

「はい！　絶対に遅刻しません！」

その後、俺は古井さんから明日の予定内容を全て聞いた。

どうやら、時乃沢高校の近くにある大型ショッピングモールに出かけるらしく、それに何故か俺も同伴しろと。

ただの買い物に付き合うだけで秘密を守ってくれるなら有難い話だ。

いや待て。もしかしたら、買い物を全部奢《おご》らされるかもしれないぞ。

うぅ。まあ金で何となるならいいか。

「以上が明日の予定よ。何か質問は？」

「いや、特にないよ。本当に買い物に付き合うだけでいいの？」

「ええ。でも身なりはしっかりとしなさい。ダサい服で来たら即アウト」

「わ、分かりました」

「話はこれで終わり。ちょっと用があるから、一旦電話を切るわ」

「了解。あ、その前に一ついい？」

「何かしら？　手短にお願い」

「古井さんの偏差値とか、ＩＱってどのくらいあるの？」

俺は興味本位でついくだらないことを聞いてしまった。

古井さんは僅かな情報だけで、俺の正体を見事言い当てた。相当頭がキレることは確かだ。

だから、ちょっと興味があったんだよな。

古井さんがただの推理オタクなのか。それとも天才なのか。

「そうね。自慢話はあまりしたくないのだけれど、中三の時に高三模試を受けて最高偏差値七十三を記録したわ。ＩＱは測ったことがないから分からない。それじゃあね。また明日」

そう言うと古井さんは電話を切り、会話を終了させた。

最後の偏差値の話を聞いてすごく納得したよ。

古井さん、ドＳってだけじゃなく、とんでもなく頭が良いんだな。

中三で高三の模試を受けるってどういうことだよ。しかも偏差値七十三を叩《たた》き出すって、異次元すぎる。

こんな天才が俺の席の後ろにいたのか。そりゃバレてもおかしくはないわ。

本当、何で俺の青春はトラブル続きなんだよ……。

◇◇◇◇

次の日。つまり、古井さんとの約束の日。

俺は集合場所の駅にて、古井さんが現れるのを待っている。昨日の約束では、集合時間は朝の十時。

遅れると面倒なので、俺は五分前行動よりもさらに早く、十分前に来ている。

それにしても、人が多い。

土曜日のためか、駅の至るところには人だまりができている。きっとショッピングモールも激混みなんだろう。

めんどくさいと思う反面、ちょっと緊張している。パシリとして使われるのは確かだけど、それでも年頃の女子とお出かけだ。

これは世に言うデートというやつだ。

まだ彼女ができたことのない俺にとって、本来起こり得ることのないイベントが突如として発生してしまった。

まあ、古井さんのドSぶりはもう分かり切っている。覚悟を決めていくしかない。

さて。そろそろ時間か？

俺はスマホの画面で現在時刻を確かめてみるが、まだあと五分ある。

この短い待ち時間が意外と長く感じるんだよな。

そんなことを考えていると、背後から突然俺を呼ぶ声が聞こえた。

「あれ？　どうして慶道《けいどう》君がここに？」

その声は透き通るほど綺麗《きれい》で、聞いた者を虜《とりこ》にするほどの魅力があった。

それと同時に、随分と聞き覚えのある声でもあった。

俺は恐る恐る声がした方向へと振り向くと、そこには……。

何とも可愛らしい私服姿をした九条が、不思議そうに俺のことを見つめていた。

なんだその格好は……。制服の時とは一変して、随分とお洒落《しゃれ》で清楚感《せいそかん》が漂っているぞ。

いつもはストレートの髪型だったのに、今日はポニーテールじゃねーか！

美しさと可愛さ。この両方を兼ね備えた完璧すぎる容姿に、俺は言葉が出なかった。

周りを見渡せば、足を止めて九条の方をじっと見つめる人が多かった。

『千年に一人の美少女』と言われているだけはある。

っておいおい。何見惚《みと》れているんだよ俺は！

そんなことよりも、何でここに九条がいるんだ？　偶然というやつか？

いや、だとしてもあり得るか？　普通、こんな偶然ないぞ！

「お、おお。九条。おはよう。偶然だな。ここで誰かと待ち合わせでもしているのか？」

「うん。そうなの。十時に待ち合わせの約束をしてるんだ。偶然って凄《すご》いね。まさか慶道君とここで会うなんて」

「俺もだよ。同じ日に同じ場所で同じ時間に待ち合わせしているなんて、そうそうないよな」

「なんだか凄い奇跡だね！」

「そうだな。いやー、それにしても、もうそろそろ集合時間になるっていうのに、まだ来ないのか。遅刻するなって言ってたけど……。言った本人が遅刻したら本末転倒なのに」

「そういえば、まだ私の方も来ていないなー。十時に待ち合わせって言ってたのに。遅いなー」

　そして俺と九条は息を合わせた様に、お互いにこう言った。

「古井さん、もしかして寝坊したのか？」

「古井ちゃん、もしかして寝坊しちゃったのかな？」

　数秒の沈黙後。俺と九条は再び言葉を揃えた。

「「……。ん？　今なんて？」」

　おいおいおいおい、ちょっと待て。待ってくれ。

　今九条なんて言った？　え？　古井さんの名前出したか？　俺の聞き間違いか？

「も、もしかして九条もここで古井さんと待ち合わせをしているのか？」

「え？　う、うん。そうだけど。でもどうして慶道君の口から古井ちゃんの名前が出るの？　私何も聞いてないよ」

「お、俺もだよ。来てほしいって昨日の夕方に言われたから、今ここにいるんだ」

おかしいぞ。俺は古井さんからここに来いって言われて来てみれば、本人は何故《なぜ》かおらず、代わりに九条がいる始末。

もしかして、九条も同伴することを伝え忘れたのか？

いや、古井さんに限ってそんなミスはしないだろう。何しろ断片的な情報で、俺の正体に誰よりも早く気が付いたんだ。

ってことは意図的に情報を伏せたのか？

だとしたら、何のために？

俺は解決できない疑問に頭を悩ませていると、ズボンのポケットに入れておいたスマホに着信があった。

画面を見てみると、非通知設定の文字が。

誰だ？

俺は若干警戒しつつ、電話に出てみることにした。

「はいもしもし。慶道ですけど」

「あら、よかった。しっかりと電話に出てくれて安心したわ。私よ。私」

電話の相手は、まさかの古井さんだった。

もしかして、生徒手帳に書いてある携帯の電話番号を見てかけてきたのか？

いや、そんなことはどうでもいいんだ！

早くこのわけが分からん状況を聞き出さないと。

「ちょっと古井さん！　なん」

古井さんは俺の言葉をクールな口調で遮り、話を始めた。

「分かっているわ。どうせ『何で九条がここにいるんだ⁉』的なことでしょう？」

「何で分かるんだよ……。ってかやっぱり九条がここに来ているのは知ってるんだな？」

「まあね。ひなみって五分前行動を絶対に守るから、今頃君の隣にいるだろうと思っていたのよ」

「す、凄いな。んで？　古井さんは今どこにいるの？　俺聞かされてないぞ。九条がいるならいるって言っといてくれよ。びっくりしちまったじゃねーか」

「あらごめんなさいね。つい伝え忘れてしまったわ」

「古井さん、絶対わざとだろ……」

「偶然言い忘れただけよ。多分ね。ふふっ」

「やっぱりわざとじゃねぇーか！」

そんな堂々とした虚言を聞くのは初めてだぞ！

「まあ、そのことについては一旦置いておきましょう。話も進まないし」

「え？　あ、ああ。分かった。それでいつこっちに来られるの？　もう約束の時間になるけど」

「ごめんなさいね。ちょっと今日は行けそうにないわ」

「はい？　今なんて？」

「実はちょーお腹《なか》がいたーいのよ（棒読み）。あまりの痛さに泣いてしまいそうだわー（棒読み）。誰か助けてぇー（棒読み）。というわけだから、あとはよろしく」

「おいおいおいおい！　待ってくれ古井さん！　何その棒読みの台詞《せりふ》！　絶対お腹痛くないでしょ！　それに九条と俺はどうしたら良いんだよ⁉」

この場には事情を何も知らない九条がいる。俺一人ならさっさと帰って終わりだが、いくら何でもそれは可哀《かわい》そうすぎる。

九条だって待ち合わせの時間通りに来たんだ。なにも非はない。

この言い分を見過ごせるか！

と、思っていたのだが、とんでもない言葉が聞こえてきた。

「何を言っているのよ。昨日言ったでしょう？　買い物に付き合ってって。だからそれを実行しなさい」

「はぁ⁉　古井さんが来ないとそれができないだろ⁉」

「別に私の買い物に付き合えなんて一言も言っていないわよ？」

「……え？」

俺はその言葉を聞き、昨日の会話内容を思い出してみた。

あの時確か古井さんは、『土曜日にちょっと買い物があるから、付き合ってちょうだい』と言っていたよな？

これが古井さんの買い物に付き合えって意味じゃないなら……。

まさか！

「もしかして、九条の買い物に付き合うのが、条件だったのか⁉」

「ようやく気が付いたわね。騙《だま》したつもりはないわよ。一回も私の買い物に付き合えだなんて言ってないし、嘘《うそ》偽りはないわ。事実のみ」

「い、いや確かにそうだけど！」

「そして、君はその条件を承諾した。これも偽ることのできない事実。そうでしょう？」

や、やられた……。

どうして九条が古井さんとここで待ち合わせをしていたのか、ようやく理解できた。

九条の買い物に古井さんが付き合う予定だったけど、その役を俺と交代したのか。

あのドSの考えたことだ。お腹が痛いなんて絶対嘘だ。意図的に仕組んでやがる！

や、やられたぁぁぁ！

条件が緩すぎると思ったけど、そういうことだったのか！

お、おのれ……。我が強敵古井さんめ！

「ということだから、今日一日ひなみの買い物を手伝ってあげなさい。もし逃げ出したら分かるわよね？　しっかりと最後まで付き合いなさいよ。じゃあ」

その後、古井さんは俺の命乞いを一切聞くことなく、一方的に電話を切ってしまった。

まるで『お前の反論は認めん』とでも言っているかの様だ。

それにしても、困ったな。策にハマッたとはいえ、俺はこれから……。

『千年に一人の美少女』と二人で買い物に行かないといけないのか。

マジで俺はどうすればいいんだ⁉

第八話——デートをすることになったんだが？

今現在、誰もが見惚《みと》れてしまうほどの美少女である、九条《くじよう》が俺のすぐ隣にいる。

こんな女子高校生とデートができるとなれば、興奮する奴《やつ》は山ほどいるだろうな。

勿論《もちろん》、本来なら俺もそのうちの一人になるはずだった。

だが、状況が悪すぎる。正体を隠し通したい俺にとって、この状況はかなりヤバい。

クソ……。古井《こい》さんめ……。

「九条。その……。話があるんだ」

俺は九条の方に顔を向け、古井さんが今日来られなくなった旨を伝えた。勿論、古井さんが来られない理由は体調不良と伝えてある。まあ本人は仮病を使っているけど。

何故俺達が今ここにいるのか。

その全てを知った九条は不機嫌そうな顔つきとはほど遠い笑顔を見せてきた。

「そっか……。古井ちゃん今日来られないんだ。もうそうだとしても、慶道《けいどう》君が来ることぐらい先に伝えておいてほしかったよ！　びっくりしちゃった！」

う、可愛《かわい》い……。

俺と二人っきりなのに、嫌な顔を一切せずただ笑っている。

普通に可愛い。ってかこの状況でも笑顔を見せるって女神ですか？

いや待て待て！　いかんいかん！

絶対に正体がバレてはいけないんだ！　慎重にならないとボロが出るぞ！

「慶道君、これからどうする？　古井ちゃんと一緒に服を買う予定だったんだけど、どうしよっか？」

今ここで九条に一人で買い物に行ってもらえるなら、有難い話だ。

だが、古井さんから言い渡されたミッションは……。

九条の買い物に今日一日付き合う。

これを達成しないと、後で俺の正体が暴露されてしまう。もう帰りたいが、そうすれば俺は確実に死ぬ。逃げるわけにはいかない。

いいぜ……。やってやるよ！

『千年に一人の美少女』と、今日一日買い物デートしてやるよ！

「まあ、せっかくここまで来たんだ。九条の買い物に付き合うよ。どうせ帰ってもやることないしな。それに交通費も無駄になる」

「え!?　そんないいよ！　だって私と一緒にいてもつまらないよ！　ただ洋服見るだけだ

し！」

「別にいいよ。さっきも言ったけど今日一日やることがないんだ。さすがに一人で買い物は可哀そうだし、同伴するよ」

「ほ、本当に良いの……？」

九条はぐっと俺に近づき、上目遣いで俺のことを見つめてきた。

至近距離でこの美貌を目の当たりにすると、さすがに目のやり場に困る。

「全然良いよ。もう店も開いているだろうし、早く行こうぜ」

「うん！　ありがとう！　じゃあ行こっか！」

こうして、俺と九条の一日限定のデートが強制的に始まってしまった。

『千年に一人の美少女』と一緒に買い物できるなんて、周りの男どもからしたら羨ましいかもしれんが、そんな優越感を味わっている暇はない！

正体を隠しつつ買い物に付き合う。それが今日の俺のミッションだ。

頼むから、何も起きないでくれよ……。

◇◇◇◇

現在時刻は、午前十一時過ぎ。

ショッピングモールに着いてから一時間ほどが経過した。

九条は新しい学生生活に合わせて最新のお洒落《しゃれ》を取り入れようと、洋服店を何店舗もはしごしている。

「おお！　すっごい！　この洋服凄《すご》く可愛い！　お洒落だしサイズもピッタリだよ！　あぁー、でもこっちの服も可愛いなー。え、ちょっと待って！　これも全然ありだよ！　うーん迷っちゃう！　悩ましい！」

そして今、二着の服を両手に持ちつつ、店内のお洒落な服に九条は興奮を抑えられなくなっていた。

まるで、誕生日にどのおもちゃを買うか悩んでいる子供の様に見える。

目が宝石の様にキラキラと輝いているし、ずっと喋《しゃべ》ってばかり。このテンションをかれこれ一時間続けている。

意外だ。意外すぎる。

学校では清楚《せいそ》でしっかり者のイメージだが、プライベートではちょっと幼いなんて。

「ねぇねぇ慶道君！　この二つだったら、どっちが私に似合うかな⁉」

ど、どっちの服が似合うかだと⁉

今九条が持っている服は、白のワンピースとブラウス。

ワンピースは九条の清楚さをさらにブラッシュアップさせ、圧倒的な破壊力を作り出す。

黒髪かつ清楚系の九条には持ってこいの服だ。

一方ブラウスは、高校生とは思えない大人の女性感を醸し出し、美しさと可愛さの両方をアピールできる。生まれ持った美貌をさらに引き出せるから、最適と言えるだろう。

何この究極の二択⁉　無茶苦茶《むちゃくちゃ》難しいじゃねぇーか！

俺の目からしてどっちも似合う。というか似合いすぎて破壊力の塊と言い換えられる！

このどちらか一方を選べというのか……。

どちらも捨てがたい。どっちが良いんだ⁉

「慶道君？　聞いてる？」

「あ、あぁごめん。ちょっと考え事をしていて」

「なんかごめんね。女子の洋服とか、普通は興味ないよね……」

「そんなことないよ。気にすんな」

しょんぼりしている九条に笑顔を見せ、俺は続けた。

「どっちも似合うと思うけど、両方買うのはなしなの？」

「買えるんだったら二つ共欲しいけど、お金が足りないの。だからどっちかに絞らないと！」

「悩ましい。究極の選択だな」

「うん、だからすっごーく迷ってる！」

九条は『うーん。どうしよう……』と呟《つぶや》きながら、真剣な顔つきで黙り込んだ。

今をトキメク女子って、服の一つでここまで悩むのか。

九条はしばらく黙り込んだ後、今度は固く決心したかのような目つきで俺をじっと見つめた。

「慶道君、お願いがあるんだけどいい⁉」

「え？　まあ別に良いけど」

俺の言葉を聞いた九条は、満面の笑みを浮かべると共に、こう言った。

「今から試着するから、どっちが私に似合うか見てほしい！」

「はい？」

え……。おいこれまさか……。

九条のプチファッションショーが始まるというのか⁉

「じゃああそこの試着室で着替えるから、ちょっと待っててね！　楽しみだなー！」

九条はそのまま試着室の方へと向かっていった。

そして中に入ると、

「ふっふっふーん♪」

九条の鼻歌が試着室から聞こえてくる。相当テンションが高くなっているぞ。

これから、九条のプチファッションショーが始まろうとしているのに、何だこのモヤモヤは。

喜びたいのか、避けたいのかよく分からん。それに若干周りの目も気になる。

九条が店に入ってから、他の客だけでなく作業中の店員さんまで注視している。

「おいさっきの子って、『千年に一人の美少女』って言われてる子に似てね？」

「今の子めっちゃ可愛くない⁉　顔もスタイルも良いなんて反則だよ」

「試着室に入った子って、どこかのモデルさん⁉」

若い男女の声があちこちから聞こえてくる。そりゃあんな美少女が気分上々で服を選んでいるんだ。見惚れて当然。

「じゃあドア開けるね！」

着替え終えた九条は試着室のドアを開けると共に、ワンピース姿で現れた。

試着室周辺にいた店員さんやお客は、あまりの彼女の美しさに目を奪われ、数秒間ピクリとも動かなくなった。勿論、俺もその中に含まれている。

元々清楚系美少女という属性だったが、さらにそれが強化されているのだ。

今の九条の姿を例えるなら、ワンピースを着た汚れなき女神様と言える。

スタイルの良さをそのまま出しつつ、清楚さをさらに引き出して、見る者全てを虜《とりこ》にしている。

な、何だこの神々しさは⁉

元々の清楚感がさらにレベルアップして、神の領域に達しているぞ。

「あ、あの慶道君。どうかな……？　似合ってる？」

思わず見惚れている俺に、九条は顔を赤くしながらそう聞いてきた。

「に、似合っていると思うよ。九条にはピッタリだ」

「え⁉　本当⁉　嬉《うれ》しいな。いつも友里《ゆり》か古井ちゃんにしか言われたことがなかったから、ちょっと新鮮。えへへ」

九条が満面の笑みを見せた途端、彼女の純粋無垢《むく》な美しさに俺の理性は危うくぶっ壊れそうになった。

こんなのチートだろ。

「じゃあ、もう一着も着てみるね！」

ドアを閉め、再び鼻歌を歌い出す九条。

そんな彼女を一目見ようと、あちこちから人が集まってきた。多分、さっきの神々しさが店内を駆け巡ったのだと思う。

九条が試着室に戻ると同時に、またしても周囲から声が聞こえる。

「おい、あの少年ってまさか彼氏か？　羨ましいぞ」

「あんな可愛《かわい》い子の彼氏になれるなんてすげーな」

「羨ましい以外の言葉が思い浮かばねぇ」

だが今回のは先ほどと違い、ベクトルの向きが九条ではなく何故《なぜ》か俺だった。

周囲の人達は俺を彼氏と思っているらしい。いや……。彼氏じゃないんだよな。それ勘違いです。

通り魔の事件で英雄扱いされたかと思えば、今度は『千年に一人の美少女』の彼氏扱いかよ。何故こう変な扱いや勘違いをされてしまうんだ。

「慶道君、ドア開けるねー」

この状況に全く気が付いていない九条は、陽気な声と共に、ゆっくりとドアを開けた。

九条本人からしてみれば、ただの試着に過ぎない。

だが彼女の容姿は、見た人全てを虜にする。そんな彼女が今時のお洒落な服を着て、満面の笑みで現れたらどうなるか……。

容易に想像ができる。

「「「ブラウス姿も可愛い！」」」

九条のブラウス姿を見た途端、特に示し合わせていないはずの周囲の人達が口を揃《そろ》えてそう言った。

九条の姿は、先ほどの女神様から一変し、美人ＯＬ感が漂っている。清楚な年上女性の魅力を存分に引き出せている。

こりゃやべー。

「慶道君。こっちもどうかな？」

先ほど同様、顔を赤くして首を傾《かし》げる九条。

どっちがいいかなんてそんなもん……。

どっちも超可愛いからありに決まってんだろ！

結局、どちらも似合うため、適当に白のワンピースをお勧めした。

まあ本人は嬉しそうに買っていたが、俺からしたらどっちも変わらない。

ただ言えることが一つ。

あのままプチファッションショーを続けていたら、間違いなく俺の理性はぶっ壊れていた。

これだけは確かだ。

◇◇◇◇

九条のプチファッションショーが終わってから、次に俺達が向かったのはフードコートだ。

既にお昼の時間なので、きっと混んでいるだろうと思っていたのだが、いざ到着してみると、あっさりと二人用のテーブルを見つけることができた。

「さて、昼飯を食べますか。あ、その前にトイレ行ってきていいか？　確かこのエリアの近くにあったはずなんだ」

俺は席に荷物を置き、視線をスッと九条の方へと向ける。

「うん分かった！　じゃあ私はこの席で荷物とか見てるね！」

「サンキュー、じゃあ行ってくるわ」

少し歩いてうろちょろすれば、男性用のトイレマークがすぐさま目に入った。さっさと用を済ませ、待たせている九条のもとへ急ぐか。

ペースを速めながらも、俺はここまでの苦労をふと思い返した。

古井さんの罠《わな》にハメられた時はどうなるかと思ったが、何とかなりそうだ。

さぁ、昼食後も頑張ろう！

俺は気持ちを再度切り替え、やる気に満ちた顔で九条の待つテーブルへと向かったのだが。

視界に九条の姿が入ったと同時に、見たことのない四人の男性も共に映り込んだ。

パッと見た感じ、相手はフリーターか大学生か？

だが髪型や服装からして、不良の様にも見える。ツーブロックに刈り上げている上に、竜の刺繍《ししゅう》がされたジャージを着ているぞ。近くの客の顔を見てみれば、全員ビビッて萎縮している。

さすがに、こんな奴《やつ》らが九条の知り合いなわけないよな。

な、何だこの嫌な予感は。胸騒ぎがする。

もしかして……、不良に絡まれているのか⁉

第九話　似ている

「あの！　何度も言っていますが、あなた達と遊ぶつもりはありません。帰ってください！」

慶道《けいどう》君がトイレに行ったと同時に、不良と思わしき四人の男性から声をかけられた。

見た目からして、多分格闘技の経験があると思う。

筋骨隆々で、高身長。さらには腕の太さが私の二倍近くもある。

うぅ、凄《すご》く怖いな。

怒らせたら絶対に酷《ひど》い目に遭うのは明白。でも、言いなりになれば何されるか分からない。

だ、大丈夫。しっかりと相手の目を見て断れば、諦めてくれるはず！

私はそう思っていたけど、現実は思い通りにはならなかった。

リーダーであろう不良が、いやらしい笑みを浮かべながらスマホの画面を私に見せつてきた。

何かと思い、そのまま画面を見てみるとそこには……。

通り魔のインタビューを受けていた時の私の画像が映し出されていた。

「え〜、つれないこと言うな〜。ってかさ君……。ネットで有名になってる『千年に一人の美少女』本人でしょ？　ほら、この画像と超そっくり」

この画像を見せれば、大人しく従う。そう思って近づいたに違いない。

でもここで屈したらお終《しま》い。頑張って私一人で追い払うんだ！

「そ、そんなことはどうでもいいじゃないですか！　あなた達と付き合うつもりはありません！」

「え〜、そんなこと言わないでよ〜。君に会いたがってる人がいるんだよね〜。それに、写真について否定しないってことは、認めるってことだよね？」

「そ、それはっ！」

「まさか有名人と出会えるなんて、俺達運良いな〜。やっぱり凄く可愛いね〜。『千年に一人の美少女』と呼ばれているだけはあるよ」

「そ、その……。何度も言ってますけど、あなた達とは付き合うつもりはありません！」

「ショックだわ〜。でも君の学校知ってんだよね？　あれでしょ？　時乃沢《ときのさわ》高校でしょ？　断ったり誰かに助けを求めたりしたらさ。今度……」

この言葉の後、不良のリーダーが発した卑劣な言葉に、私は絶句してしまった。

「学校に遊びに行っちゃおうかな〜？」

な、何でこんなことに……。学校にまで来られたら、友里《ゆり》や古井《こい》ちゃんにまで迷惑がかかる。

ううん。それだけじゃない。

他の生徒達にも危険が及ぶかもしれない。

ど、どうしよう……。どうしたらいいの？

この不良達を上手《うま》く説得する方法なんて、何も思いつかないよ。

あ、あれ？

何で手が震えてるの？　何で呼吸が乱れてるの？

「ね？　どうすんの？　来るの？」

恐怖で体が震え、怯《おび》えている私を前にしても、不良達の目は少しも穏やかにならなかった。

まるで、勝利を確信したかの様な、そんな目をしている。

この人達は私がどちらの選択肢を選ぶかなんて、もう分かり切っているんだ。

慶道君ごめんね。

皆には迷惑かけられないよ。友里や古井ちゃんを守りたい。傷つけたくない。

「わ、分かりました……。ついていきます。だからそ、その。学校には来ないでください。

友達にも手を出さないでください……。全部私が引き受けますから。だ、だから……」

「え？　マジで⁉　じゃあ行こうか。君が大人しくすれば、俺達学校には行かないからさ。君が、俺達の望むことを全部してくれるならね」

「……は、はい。分かりました」

怖い。怖いよ。

きっと酷いこと沢山されるんだろうな。

でも、私だけが傷つくなら、それでいいよね。友里や古井ちゃんが傷つく姿なんて絶対に見たくない。

耐えるんだ、私。泣きたい気持ちをグッと堪《こら》えるんだ。

「そんじゃ、行こうか」

不良のリーダーが私の肩に手をかけ、この場を共に去ろうとした時。

「おい、お前ら。九条《くじょう》から離れろ」

反射的に声の方に振り向くと、キリッと不良達を睨《にら》みつける慶道君の姿が見えた。

誰が見ても萎縮してしまうほどの巨漢四人を前にしても、慶道君は一切身震いをしていなかった。

それどころか、今の彼の顔は、不良達を威嚇し脅している様に見える。

「あ？　てめぇ誰だよ？　この子の彼氏？」

「いや、違う。ただの買い物に付き合っている同伴者だ」

「はぁ？　何わけの分からねぇこと言ってんの？　とりあえず邪魔しないでくれる？」

不良のリーダーの顔つきは、先ほどとまるで違った。これから狩りをする猛獣の様に、威圧が増していた。

でも、相手がどんなに殺気を発していても、慶道君は一歩も引かなかった。

それどころか、目と鼻の先まで近づき、私の肩に置かれたリーダーの手を、グッと摑《つか》んだ。

「悪いけど、今すぐ九条から離れてくれるか？　それに他の客にも迷惑だ」

「あ？　何様なの？　急に何？」

「もう一度言うぞ。今すぐ九条から離れてくれ」

「お前随分調子に乗ってるな？　もやしみたいな体で俺に勝てると思ってんの？」

慶道君と不良のリーダーの体格には、かなりの差がある。

もしここで酷い目に遭ったらどうしよう……。

その不安に襲われ、私はつい慶道君の方に視線を移した。

「け、慶道君。さ、さすがにまずいよ。私がこの人達の言うこと聞くから、大丈夫だよ。慶道君が傷つくことないよ」

「じゃあ、何でお前一人が傷つかないといけないんだ？」

「……え？」

「他人に迷惑かけたくない気持ちは分かるよ。でも、人としてこの場は見過ごせない。それに、強がってるけどさっきからすげー体震えてるぞ。お前の本音を聞きたい。どうしてほしい？」

ど、どうしてほしい？

そんなの決まってるよ。答えなんて一つに決まってるよ。

「た、助けて……」

この言葉を聞いた慶道君は、顔をこちらに向け、にっこりと笑った。

「その言葉を待ってた。大丈夫、俺が何とかする」

その顔を見て、言葉を聞いて、私は不思議と安心してしまった。

な、何だろう。この感じ……。あれ？

慶道君のこの笑顔を初めて見た気がしない。どこかで見たことがあるような。

不思議に思っていると、突然過去の記憶がフラッシュバックした。

通り魔に襲われたあの日にも、

――俺が何とかする。

私はこの言葉を聞いていた。

通り魔の事件は二カ月近く前の出来事で、あまり鮮明には思い出せない。

事件当時は頭が真っ白で、とにかく怖かったことしか覚えていない。
それでも、私の脳が。
ううん。
本能がこう言っている気がする。
慶道君があの時助けてくれた男子学生に酷似している、と。
もしかして慶道君って……。

第十話 撃退

不良達に絡まれている九条《くじょう》を、黙って見ていることなど俺にはできなかった。

正体がバレれば俺の学生生活は終わりを迎えたも同然。色々と面倒なことになっちまう。

でもよ。

目の前で友達が苦しそうな顔をしているのに、何もせずにはいられねぇーよ。

九条から助けを求められた俺は、目の前にいる不良をギリッと睨んだ。

「お前が誰だが知らねぇーけど、辞めときな？　痛い目見るぞ？」

「そりゃこっちの台詞《せりふ》だな」

「あっそ。正義のヒーローのつもりかもしれないけど、すげぇーダサいよ？」

不良のリーダーと思われる男は、俺の胸ぐらを強く摑んできた。

相手は複数人。対して俺は一人。

数的には俺の方が不利なのは明白。でもそれにビビッているわけにはいかない。

「言っておくけど、俺格闘技経験あんだよ。格の違いを見せてやろうか？」

なるほど。確かにこの体格からして嘘《うそ》は言ってなさそうだ。

だが実力はおそらくほとんどない。何せ不良の顔や手には一切の傷がないからな。

普通格闘技をやっていたら、それなりに傷はつく。それに、本当に格闘技経験がある人は、こんな人目に付く所で、挑発行為はしない。

適当にかじった程度だろう。素人に毛が生えたレベル。問題ない。俺の師匠や通り魔の方がよっぽど怖い。

「何さっきから静観かましてんだこら⁉　俺にビビッてんのか⁉」

この言葉の直後、不良は一気に距離を詰め、俺の顔面を目掛けて殴りかかってきた。

「慶道《けいどう》君！」

迫り来る拳を前に、九条は思わず言葉をこぼす。

彼女の目には、俺の敗北する姿でも見えているに違いない。

でもこっちは過去に武術を習っていた上に、刃物を持った通り魔と戦って無傷で生還しているんだ。

この程度のパンチなんて、可愛《かわい》く見えるよ！

バシッ！

俺は不良の拳を片手で強く摑んだ。お前の攻撃なんて、通り魔と比べたらビビる要素なんて一つもない！

「はぁっ⁉」

予想外の展開に、不良は動揺を隠し切れなかった。

そりゃそうだ。見下してた奴《やつ》が片手一本で自分の拳を防いだんだ。驚かない方が逆に不自然だ。

「お、お前何者なんだよ！」

「別に……。ただの普通の高校生だよ！」

俺は拳を摑んだままクルッと後ろの方を向き、そのまま不良を背負い投げした。

バンッ！

体が床に激しく激突した音が響き渡る。

俺に背負い投げされた不良は、激痛のあまり立ち上がれなくなっていた。

俺は再び前を向き、他の不良達をキリッと睨んだ。

「もうこれでいいだろ？　さっさとどっかへ行ってくれ。もしまた俺の友達に手を出したら、今度はただじゃおかないぞ」

言うことを聞かないと本当にやばい。

そう思ったのか、

「クソ！　お前の顔は覚えたからな！　今ここで邪魔したことを後悔する日が来るからな！」

不良達はあっさりと俺の要望を聞き入れ、リーダーを担ぎながらこの場を立ち去っていった。

ふぅー。

これで九条を狙う卑《いや》しい奴らは無事に消えたな。さすがにもう大丈夫だろう。

「また何かあったら言ってくれ。九条は有名人だし、ああいう輩《やから》に絡まれるのはしょうがない。どんな時でも助けるよ」

九条は日本屈指の美少女だ。千年に一人なんて言われているほど、誰もが認める美貌の持ち主。

ああいう輩が近づいても不思議じゃない。

正体がバレてはいけないとはいえ、さすがに友達のピンチはしっかりと助けたい。

傷つく姿は見たくないし。

「あ、ありがとう慶道君……」

俺と目が合った途端。九条はすぐさま視線を下に逸《そ》らした。

あれ？　俺避けられてる？

俺はその様子に少々不安を感じていたら、彼女の口からボソッとこんな一言が聞こえてきた。

「す、凄《すご》くカッコよかった」

顔を真っ赤にし、照れくさそうに言うその姿に、さすがにドキッとしてしまった。

古井《こい》さん、あんたのせいで色々トラブル連発だけど、今だけちょっと感謝するよ。

やっぱ可愛いなおい！

◇◇◇◇

昼食を終えた後、俺達はショッピングモールを後にし、午後の遊びを始めた。

まだ時間もあるし、ここで帰るのは少々勿体《もったい》ないということで、九条とのデートは続行。

正体を隠し通したい一方、この展開に喜ぶ自分がいた。

最初は面倒だったが、九条は本当に良い奴だしすっごい可愛い。

こんな子とデートできるなんてそうそうない。正体を隠しつつ、ちょっと楽しむか。

ということで、俺達はゲームセンターに足を運んだ。

金のない男女の遊び場など限られてくる。ゲーセンならほどよく時間も潰せるし、楽しめる。

二人で遊べるゲームを探し、俺達は早速ゲームを開始した。

「う、うわぁぁぁぁぁぁぁぁ！　け、慶道君！　ゾ、ゾンビがいっぱいだよ!?　ど、ど、ど、どうしよう!?」

俺達が最初に始めたゲームは、『ワールドパニック』と呼ばれるゾンビゲームだ。銃を使って、画面にいるゾンビをひたすら撃ちまくる。シンプルでスリリングなゲームで結構人気だ。

俺はこの手のゲームには慣れているから、ライフポイントは満タン。だが九条は残り少し。

まさか九条がここまでゲーム音痴とは思わなかった。真面目で器用そうに見えるが、結構ドジッ子なんだな。

「これだけの数だと、銃で対応するのは難しいから、手榴弾《しゅりゅうだん》を使うんだ」

「わ、分かった！　でも、手榴弾のボタンは分かるんだけどどうやって投げるの？」

「銃の側面に十字キーがあるだろ？　それを投げたい方向に押すんだ」

「ありがとう！　じゃあ使うね！」

九条はそのまま手榴弾を投げ始めたのだが、どういうわけか投げた方向がゾンビではなく俺の方だった。

そのまま足元に手榴弾が転がり落ち、そして。

ドバンッ！

俺の足元で大爆発。ライフポイントは一気にゼロになりそのままゲームオーバー。

「ちょっと！　どこ投げてんの!?　俺に投げてどうする!?」

「ご、ごめん！　間違えちゃった！」

アホだ。この子生粋《きっすい》のアホだよ。こんな面白おかしいミスは初めて見たよ。

「ど、どうしよう慶道君⁉　もうさっきので手榴弾使っちゃたし、ゾンビの数が！」

「九条、そのライフポイントで生き延びることはできないぞ」

俺の言葉通り、九条は大群のゾンビに攻撃され、当然のようにゲームオーバー。

こんな終わり方は初めてだ。

「ご、ごめんね慶道君……。私のせいで死なせちゃって」

下を向き暗い表情を浮かべる九条を見ていると、何だがこっちまで悲しくなるな。

「気にするなよ。たかがゲームだ。これはこれで案外楽しめたよ」

「ほ、本当？　怒ってない？」

「この程度のことで怒るわけないだろう。あーでも」

「でも？」

「九条がドジッ子でゲーム音痴なことは分かった。今度学校で言いふらしてやる」

「そ、それだけはダメェェ‼」

顔を真っ赤にしながら俺の服を掴《つか》みグラングランと揺らす九条。

怒ったその顔でさえも、可愛らしいと思えてしまう。

「冗談だよ。他の人には言わないよ」

「本当に？　約束だよ？」

約束なんかしなくても、最初から言いふらすつもりはないんだがな。

「勿論《もちろん》だ」

「ありがとう！　じゃあ慶道君！　他のゲームもやろ！」

「ああ。いいよ」

気持ちを切り替えた九条は俺の手を強く握りしめ、そのまま歩き出した。

おいまじか。

手を繋《つな》いでしまった。九条の手ってこんなにも柔らかいものなのか。

ぷにぷにとした感触で、さらに小さい。まるで赤ん坊の手の様だ。

九条と手を繋いだことに若干感動していると、先ほどまで動いていた彼女の足がピタリと止まった。

「ん？　どうした九条？」

九条の顔を見ると青ざめており、体もブルブルと震えていた。

お化けでも見たのか？

でもまだ昼過ぎだぞ。霊が出るには早すぎる。

「け、慶道君。あ、あの人達って……」

九条の視線をなぞるように追うと、その先には……。

先ほどの不良達が、こちらの方へ向かって歩いてきた。

「おい、何でここにいるんだよ！　懲りてないのか？」

つい先ほど警告したのに、もう無視して来るとは信じられねぇ！

予想外すぎて逆に凄いぞ。俺なら絶対にしない。

「た、多分だけど偶然だと思う……。あっちは私達に気が付いていないみたいだし」

九条の言葉を聞いた俺は、もう一度注意深く不良達を見てみる。

すると、視線があちこちのゲーム機に向いており、俺達の方をまるで見ていない。それどころか楽しそうに話している。じゃあ、偶然居合わせたってことか。

何でこうトラブルが連続するんだよ……。

「ど、どうしよう慶道君⁉　どんどんこっちに近づいてきているよ！　このままだと見つかっちゃう！」

九条は隣でオドオドしながら慌て出す。

「まずはどこかに隠れよう。あいつらに見つかったら面倒だ」

「そ、そうだね！　じゃ、じゃあここに隠れよう！　慶道君！」

この言葉の直後、九条はグッと俺の手を掴み、強引に引っ張った。

「お、おい。どこに行くんだ！」

「私が思いつく限り、男子グループが絶対に入らないかつ近づかない場所はここだけだよ！」

慌てているというのに、その目は何故《なぜ》か自信に満ち溢《あふ》れていた。この様子だと、本当に良い隠れ場所があるみたいだ。

あいつらが近づかず、絶対に立ち入らない。

そんな場所って……。

「着いたよ！　ここなら絶対大丈夫！」

強引に連れてこられた場所はというと……。

なんとプリクラコーナーの前だった。

確かに不良達から隠れるには持ってこいだ。男だけで入るはずがないだろうし。

でもプリクラは、女子かカップル専用の場所だ。そこに入るのか⁉

「ここの中なら安心だよ！　早く入ろう！」

「お、おう」

気乗りはしないが、入るしかない。不良達はこうしている間にもどんどん近づいているわけだし。

このまま真正面から鉢合わせするよりかはマシだ。

俺と九条はそのまま一台のプリクラの中に入り、一時身を隠すことにした。

プリクラの出入り口は隠されているため、顔は見えない。覗《のぞ》かれた場合を除き、まずバレる可能性はない。

「危なかったね！」

一安心したのか、九条は大きく息を吐きながら落ち着きを取り戻した。

「ちょっとこの中で時間を潰して、様子を見つつゲームセンターの外に出るか」

「そうだね！　その方が私も良いと思う」

俺の意見に賛同してくれたのは嬉《うれ》しいが、問題はここからだ。

狭い空間で男女が二人きり。

マジで何をしたら良いんだ？　先ほどは周囲にゲームがあったから楽しめたが、今はそれがない。

あるのはプリクラの操作画面のみ。

どうやって時間を潰す？

頭を悩ませていると、語尾に四分音符でもついているかの様な音声ガイダンスが聞こえてきた。

『いらっしゃいませ！　画面をタッチして撮影するモードを選んでね！』

人が入ると自動で音声が流れるみたいだ。画面に色々な写真のモードが表示されている。

こんな感じなのか、プリクラの中って。初めて入るからちょっと新鮮だし、興味がある。

画面をつい好奇心で見つめていると、

「そ、その慶道君……。撮ってみる？」

九条がボソッと小声で提案してきた。

視線が何度も同じところを行き来しているが注意して見ると、時折こちらを見つめていた。

俺の返事が気になってしょうがないのか……。

恋人でもない男女が二人きりでプリクラを撮るのは正直恥ずかしい。

しかし、このまま何もやることなくボーッと突っ立っているのも、それはそれで嫌だ。

女子とプリクラを撮る機会はもうないかもしれない。

それに撮ったからといって、正体がバレるわけじゃないし、新たな火種が生まれるわけでもない。

ここは一緒に撮るか。

「お、お願いします……」

「う、うん。私なんかで良ければ」

お互い顔を赤くし合う。

何だよこの流れ。滅茶苦茶《めちゃくちゃ》恥ずかしいじゃねぇーか！

あと、上目遣いでこちらを見つめないでください九条さん！

「じゃ、じゃあ撮ろうか……。よ、よろしくね」

「お、おう。俺初めてだからリードしてくれ」

九条は淡々とタッチ画面を操作し、撮影モードを選択。

すると、

『五秒後に撮影を始めます！　画面に映るようにくっ付いてね！』

またしてもテンションの高い音声ガイダンスが聞こえてきた。

もう始まるのかよ。ま、まだ心の準備が……！

『皆で顔を寄せて思いっきり笑顔だよ☆　さぁくっ付いてね♡』

音声ガイダンスが流れた後、九条が突然肩をくっ付けてきた。

「ほら、慶道君！　もっと体をくっ付けて！」

「えっ⁉　ちょっ⁉」

驚く俺の反応を無視しながら、九条は続ける。

「ほら、慶道君笑って！　三、二、一」

「お、おう！」

この直後、連続して何枚も写真を撮られるハメになってしまった。

写真写りが悪い俺の顔は酷《ひど》く、正直見ていられなかった。目が大きくなったせいで顔のバランスが崩れ、まるで整形手術に失敗したかの様になっていた。

こ、これが俺なのか……。画面に映った自分に絶望してしまう。

「九条、すまん。何か俺だけキモくなって」

俺とは反対にどの写真でも九条はばっちり決めていた。

本当可愛く撮れてるよ。やっぱ可愛い子は写真写りも良いんだな。

圧倒的な差を見せつけられ気分が落ち込んでいると、

「ほんっと慶道君面白い顔になってるね！　じゃあこうしてあげる！」

九条は笑いつつタッチペンで俺の顔にモサモサの髭《ひげ》を描いてきた。

ただでさえキモい顔になっているのに、そこにボウボウの髭が生えるとなると、もはや人間ですらなくなった。ただの化け物だぞ、これ。

「よくも俺の顔に髭を描いてくれたな九条！」

このまま黙っているわけにもいかん。

お返しとして、もう一個のタッチペンで九条の顔色を紫一色に染めてやった。

おかげで毒キノコでも食べたかのように、九条の印象がガラリと変わった。

「ああ！　酷い！　じゃあ私もこうしてやる！」

「あ、ちょっとそれはないでしょ！　じゃあ俺も！」

こんな感じでお互いの顔をいじくり合った結果、あまりに酷くて見ていられない写真が出来上がってしまった。

九条は重病にかかった病人の様な顔になり、一方俺は人ならざるモノの顔に。

出来上がった写真を見つめた後、お互い目を合わせる。

「ぷ。ぷはははははっ！」

自然と笑いが出た。

面白おかしく出来上がった写真に、俺達は腹を抱えて笑い合った。

十秒以上は笑い合っていたかもしれない。

目に笑い涙がこみあげてきてもそれを気にせず、ずっと笑った。

初めてだな。

女子とこんなにも笑い合ったのは。

◇◇◇◇

お互いの変顔っぷりに爆笑をした後、俺達はこっそりとプリクラから飛び出て、そのままゲーセンの出口まで突っ走った。

走っている途中、不良達の方を見たが恐らく気づいていない。俺達の方に視線すら向けなかった。

偶然って本当怖いな。でもこれでどうにか危機的状況を切り抜けることができた。

「危なかったね慶道君！　あ、そうだ！　忘れないうちにこれを受け取って！」

九条は俺に先ほど撮ったプリクラの写真を渡してきた。

「スマホに画像を送信することもできるんだけど、それだと慶道君に迷惑かなって。彼女でもない人のプリクラ画像なんて保存したくないよね。でもせめて今日の思い出として、この写真だけは受け取ってほしい……な」

九条は首を傾《かし》げ、俺の様子を窺《うかが》いながらそう言った。

こちらを見つめるその瞳はウルッとしており、断りでもすれば泣き出しそうになっていた。

こんなウルウルとした瞳で見つめられても困る。

「了解。貰《もら》っておくよ。大切にする」

「ありがとう！　私も大切にするね！」

九条から貰った写真を改めて見てみると、やはり俺は酷い顔をしている。

肌が白粉《おしろい》を塗った様に真っ白になっている上に、目がとんでもなくデカくなっている。口の周りにはもっさりとした髭があるし、頭には意味は分からんがチューリップが咲いている。

閲覧注意とでも書いとけば良かったよ。でもこんなに酷いのは俺だけじゃない。

九条も同じだ。

顔全体が紫色に染まり、瞳の中に星マークが描かれている。目だけ見ると少女漫画だが、顔全体はホラーそのもの。

　お互い酷いあり様だ。

　でも、爆笑しながら加工したから、案外楽しかった。

「この画像は他人に見られたら終わりだな。何としても死守せねば
「そうだね。机の引き出しの奥にしまわないと」

よし。落ち着いたところで一旦ここから離れるか。また不良達に出くわしたら面倒だし」

「だな」

　俺達が今いるのはゲームセンターの外だが出入り口のすぐ近くだ。このままここにいれば、また出くわすかもしれない。

　それに空の色がいつの間にか夕焼け色に染まっていた。

　スマホの画面を見てみると、時刻は十七時三十分。結構な時間が過ぎていた。

「もう少しで十八時になるけどどうする？　夜飯食べて帰るか？」

　次のアクションを提案したが、九条は顔を渋らせた。

　ちょっとばかり悲しんでいる。そんな顔だ。

「もうそんな時間なの……。ごめんね慶道君。お母さんに夜ご飯は家で食べるって、朝に言っちゃったの」

「そっか。じゃあここらで解散するか」

「うん。そうしよっか。駅まで一緒に行こう、慶道君！」

そう言った直後。

九条の笑顔と夕日が偶然にも重なり、神秘的な姿が目に入り込んできた。

赤く染めあげられた空と光り輝く眩《まぶ》しい笑顔。この二つの組み合わせを目の前で見た俺の脳内には……。

美しい。

ただそれだけの言葉しかなかった。

やっぱ『千年に一人の美少女』はすげぇよ。

◇◇◇

それから少し歩き、俺達は最寄り駅に到着した。

通り魔に出くわした際、俺と九条は同じ電車に乗っていたから、路線は同じかと思ったが、違った。九条の実家がある方面は、俺とは逆。

何か用があったから、あの時同じ電車に乗り合わせたのだろう。

「慶道君、今日はありがとうね。すっごく楽しかったよ！」

改札前でお別れの挨拶をする九条。

目がにっこりと笑っているから、少なからず楽しかったのは本当だと思う。

初めて異性とデートしたけど、案外楽しめるんだな。リア充に嫉妬する人の気持ちが、今なら何となく分かる。

「ああ。俺も凄く楽しかった。帰り道には気を付けろよ」

「うん！　慶道君もね」

九条の言葉の後。

『まもなく、三番線に電車が参ります』

ここでタイミングよくアナウンスが鳴り響いた。九条が乗る電車がもう来る。

「もう行かなきゃ。それじゃあね！」

「おう！」

俺に背を向け走り出そうとする九条だが、動き出したかと思えば、すぐにピタリと止まった。

何しているんだ？

俺が疑問に思っていると、九条はクルッと体の向きを変え、俺の目をジッと見つめてきた。

「そ、その慶道君……。一つだけお願いがあるの……」

ボソッと小さく言った言葉を俺は聞き逃さなかった。

「お、おう。どうした？」

「あ、あのね。そ、その……」

な、何だ？　モジモジして、まるで何か言いたいけど勇気がなくて言い出せない。そんな様子だぞ。

何を言いたいんだ？

俺は九条の意図が読めず、思わず首を傾げる。

数秒間の沈黙が流れた後、九条はようやく口を開いた。

「苗字《みようじ》じゃなくて、名前で呼んでほしい……」

「え？　名前？」

予想外の提案に、俺の口から自然と言葉がこぼれ出た。

異性を下の名で呼ぶ。

これは交際したての男女が始める典型的なあるあるだ。勿論《もちろん》、恋人関係でなくても親しい友人の場合も当てはまる。

だが総じて言えるのは、リア充でなければ起きないイベントだ。

リア充という単語とは対極に位置する俺に、このイベントが突如として発生してしまった。

「そ、その……。苗字より、下の名前で呼んでくれた方が、嬉《うれ》しいから。つい……」

九条は視線をスッと下へ逸《そ》らし、小声で呟《つぶや》く。

どうしてこんなことになったのかは分からない。

九条は良い意味で天然だ。考えていることなど予想できない。でも俺のことを信用してくれていることは確かだ。

でなきゃ、あっちからお願いなんてしてくるはずがない。

断ることもできる。だが九条は良い奴《やつ》だし、よくよく考えてみれば、別に下の名前で呼んでも、特に問題はない。

「……うん。分かった。改めてよろしくな、ひなみ」

下の名前で呼んだ途端、ひなみは視線を俺の方に再び戻し、口角を上げた。

「ありがとう！　すっごく嬉しい！　私も涼《りょう》君って呼ぶね！　それじゃあ電車が出ちゃうから行くね！　バイバイ！」

「ああ。また月曜日にな、ひなみ」

「うん！」

最後にとびっきりの笑顔を俺に見せた後、ひなみは俺に背を向け、ホームへと向かっていった。

どこか嬉しそうにスキップしながら……。

こうして長かったようで短かったデートが終わりを迎えた。
古井さんの罠《わな》にハマッた時はどうしようかと悩んだが、案外楽しかった。
ひなみの色々な面を知ることができた。
幼く純粋で、真面目な割には意外とドジっ子。そしてよく笑う。
とびっきり可愛《かわい》く笑う。
正体を隠し通したい思いと裏腹に、そんなひなみともっと一緒にいたい。
そう思う自分が心のどこかにいた。

第十二話　目的

ひなみとのデートが終了し、無事に帰宅。

「あー、さすがに疲れたー。もうこのまま寝てぇー」

俺は部屋に直行し、そのままベッドに思い切り飛び込んだ。

緊張と疲労がグッと俺の体を襲ってくる。さすがに半日近く女子と遊ぶと疲れるな。

このまま柔らかい感触に包まれながら、夢の世界に行ってもいい気分だ。でも風呂に入ってないし、歯も磨いていない。あと飯もまだだ。今寝たって、妹に叩《たた》き起こされるだろう。

俺は睡魔に抗《あらが》いつつ、ボーッと天井を見つめた。

トラブルが立て続けに起こったが、何とか回避はできたはず。

ひなみが俺の正体に気が付いたら、色々と面倒だ。

世間から英雄扱いされている中で正体を明かすなど絶対に無理。黙って静かに傍《そば》にいるのが得策だ。

そう考えている時、

「おにぃ入るぞー」

またしても美智香《みちか》がノックもせずに、俺の部屋へと足を踏み入れてきた。

「あのさ、何度も言ってるけどノックぐらいはしてよ。年頃の男の子の部屋に気安く入らないでくれます？」

「ノックすんのめんどい。どうせおにぃのことだし、エッチな動画でも見てるんでしょう？　もうバレバレだし気にする必要なくない？」

「おい、分かっていても言わないのが優しさだろうが」

相変わらず俺の扱いが雑だな。今日お兄ちゃん頑張ったんだから、もうちょっと優しくしてくれます？

「それで用件は？　ご飯か？」

「残念ハズレ。おにぃに電話がきてる」

「え？　電話？」

美智香は俺に近づいた後、手に持っていた受話器を差し出してきた。

電話か……。

何故《なぜ》だろう。まだ誰がかけてきたのか教えてもらっていないが、だいたい予想がつく。

「相手の人って古井《こい》さん？」

「そだよ。よく分かったじゃん」

ですよね……。

デートが終わっていてもおかしくない時間だし、感想ぐらい聞いてきますよね。

だがこんなヘトヘトな時に、超がいくつあっても足りないドSと電話なんて無理！

絶対無理！

「美智香、お兄ちゃんは今夢の中に入っていて中々起きない。そう伝えておいてくれ。今古井さんと話したら、多分お兄ちゃん死んじゃう」

悪いが一旦逃げるぜ古井さん。気力体力共に回復した後に電話をかけ直しますよ！

「あ、おにぃ。言い忘れてたんだけど、保留ボタン押してないから、今も通話中だよ。古井さんから保留ボタンは押さないでって言われたから」

あのドSがあぁぁぁぁ！

俺が逃げることを分かってて、美智香にそう頼み込んでいたのか！

今までの会話駄々《だだ》洩《も》れじゃねーか！

「わ、分かった！　お兄ちゃん頑張るから、美智香は部屋から出てくれ！」

「りょ」

受話器を俺に渡し終えた後、美智香はそのまま部屋から出ていった。

静かになった自室で、俺はそっと耳に受話器を当てた。

「も、もしもーし……」

少しの沈黙の後、受話口から古井さんの声が聞こえてきた。

「夢の世界はどうだったかしら？　十分楽しめた？　それともエッチな動画でも見てたのかしら？」

「は、はい……すみません」

ちくしょー！　会話全部聞かれてたから逃げられねぇ！　言い訳もできねぇ！

「私から逃げられるとでも思っていたのかしら？」

「ほんっとすみません……」

「まあ良いわ。今時間平気？　ちょっとお話でもしましょう？」

あはははは—。古井さんとお話か……。

嫌な予感しかしねぇ！

「お話って何でしょうか？」

「その前にどうして敬語なのよ。パワハラ上司と電話しているみたいじゃない」

「いや、実際パワハラみたいなことをされている気が……」

「今何か言った？」

「いえ！　何も言っていません！」

ドS相手に真っ向から反論なんてできっこねぇ。

それに古井さんは世界でたった一人俺の正体を知る人物。変に刺激したら何をされるやら。

「あらそう。早速だけど本題に入るわ」

「お、おう……」

俺はごくりと唾を飲み込む。

緊張と不安の板挟みになっていて、冷や汗が止まらん。デートの次は一体何をすれば良いんだ？

頼むからハリウッド映画にありがちな無茶《むちゃ》な要望だけはやめてくれよ……。

緊張する俺だが、古井さんの口からは意外な言葉が出てきた。

「今日のデートは楽しめたかしら？」

「……はい？　感想？」

「ええ。ひなみとの遊びはどうだった？」

「う、うん。凄《すご》く楽しかったよ。ひなみの意外な一面を知れて良かった」

「ふぅーん」

な、何だその意味深な相槌《あいづち》は。何か言ってはいけないことでも言ってしまったか？

いや、単純に感想を言ったまで。特にタブーには触れてないはず。

「なるほどね。あなたも結構やる男ね」

「ヤル男って……。本当に何もしてないよ」

「そっちのヤルじゃないわよ」

「え？　じゃあ何？」

「信頼関係を築いたみたいね」

「信頼関係？」

「ええ」

その後も古井さんは続けた。

「デートに行く前は九条《くじょう》って言っていたのに、今ではひなみって言うのね。何があったかは知らないけど、ひなみとそれなりに親しくなったのは確実」

こ、この人……。本当に鋭いっ！　よく俺のことを分析なさってますね！

「ま、まあね」

「ひなみの意外な一面を知れてどうだったかしら？」

「どうって……。良い奴だなって改めて思った」

「そう。その言葉が聞けて嬉しいわ。私の目標は達成できたわね」

「目標？」

「ええ。私が意味もなくデートに行かせたと思うかしら？　君にひなみの良さを知ってもらいたかったのよ」

どういうことだ？

古井さんは俺をいじるつもりでデートに行かせたんじゃないのか？

疑問に思う俺を無視するかのように、その後も古井さんは話を続けた。

「君は世間から英雄扱いされている。だから正体を隠し通したい。その気持ちは分かるわ。立場が同じなら私もそうすると思う。でもね。その理由だけでひなみを避けるようなことはしないでほしい。あの子は本当に純粋で幼くて天然で……それでいて誰よりも優しい。そのことを君に分かってほしかった。もしひなみのことが嫌いではないなら、あの子の傍にいてあげて」

古井さんの意図を知った俺は、思わず黙り込んでしまった。

てっきり悪ふざけでやったのかと思ったが、実際は違った。

単純にひなみと仲良くなってほしい。

その想《おも》いが古井さんにあった。もし今日のデートがなければ、俺はひなみの色々な一面を知ることはなかった。

ここまで親しくなることもなかった。

このままずっとひなみから遠ざかる素振りを続けていたら、どうなっていたのか……。

「私ってこういう性格だから、最初は上手《うま》く学校生活に馴染《なじ》めなかったの。成績は優秀だけど無口で近づきにくい。周囲からそんなことを言われててね。長い間避けられていたわ。

でもね、ひなみだけは違った。こんな私にでも、明るく接してくれた。あの子のおかげで、周囲と打ち解けることができたの。だからひなみには、私と同じ様な経験してほしくない。意味もなく避けられるって、意外にも辛《つら》いのよ？」

「……そっか。そうだったのか。古井さんの意図は分かった。確かに正体を隠し通すことに夢中になりすぎたな。ひなみは良い奴《やつ》だ。遠ざかる理由なんてないよ。無理に遠ざけるのはやめる」

「……そう。ありがとう」

「いやそれはこっちの台詞《せりふ》だ。古井さんがいなかったらここまで仲良くなれなかった」

「別に君の感謝の言葉なんていらないわ。あと、これからも君のことをいじるから、そこらへんはよろしく」

「おいおいマジかよ……」

「だって君、面白いんだもの」

「悪女だ……」

「そう、これが私よ」

「でも案外友達想いで優しい一面があるんだな」

「え？」

「だって俺とひなみの仲が深まる様に色々考えてくれたし、俺の正体も隠してくれる。意外と優しいじゃん。まあいじってくるけど」

「か、からかうのはやめなさい！　潰すわよ！　私はただひなみの良さを君に知ってもらいたかっただけ！」

あ、あれ？

今一瞬古井さんの口調が乱れたような……？

もしかして古井さん、褒めに弱いのか？

「そ、そろそろ時間だから電話を切るわ。あ、最後に一つ言い忘れていたことがあるわ」

「え？　何？」

すぅー。

受話器越しから古井さんが息継ぎをしているのが聞こえてきた。

大声で言うつもりか？

「一度しか言わないから、よーく聞いておくことね」

その後、古井さんはこう言った。

「あの時、通り魔から私の親友を守ってくれてありがとう。感謝しているわ、涼《りょう》」

言い終えると、俺の反応など一切聞くつもりがないのか、古井さんは電話を一方的に切った。

ひなみの色々な一面も知れたけど、古井さんの意外な面も知ってしまった。

超がいくつあっても足りないドS女子だが。

友達想いでツンデレな一面もあるんだな。

◇◇◇◇

週が明け、月曜日を迎えた。

「ふぁぁー、眠い。クソ眠い」

俺は目が半分閉じた状態で、学校へと向かっている。

最寄り駅から学校までは一本道だが結構距離がある。今は春だから良いが夏は大変になりそうだ。

そんなことを考えていると、

「おはよう！　涼君！」

後ろから俺の名前を呼ぶ声が聞こえた。

間違いない。もう声を聞いただけで分かる。

「よう、ひなみ。おはよう」

後ろを向くと、ネット民から『千年に一人の美少女』と言われているひなみが立っていた。

振り向かなくても良かったんだが、挨拶ぐらいちゃんと顔見てしないと。

ひなみが俺の隣まで来た後、一緒に歩み始める。

「涼君はいつもこの時間に登校しているの？」

「ああ。遅刻したらまずいし、なるべく早く来るようにしてる」

「そ、そっか。わ、私もいつもこの時間帯に登校するんだ」

「へぇー、奇遇だな」

「そ、そうだね……」

ひなみは俺の方をチラチラ見つめながら、何か言いたげな表情を浮かべる。

もしかして……。

一緒に登校したいのかな？

確信があるわけじゃないが、多分そんな気がする。

そう思った途端、土曜日の古井さんとのやり取りが俺の脳内をよぎった。

約束したからには、守らないとな。

「よかったら、明日から一緒に行くか？」

俺の提案を聞いた直後、ひなみの目が一瞬にしてキラリと輝いた。

「本当!?　迷惑じゃないなら、明日からぞ、その。一緒に行きたい」

「別に迷惑じゃないよ。じゃあこの時間に駅集合で」

「うん！」

すぐ隣でひなみはニッコリと笑った。

古井さんとの約束を破るわけにはいかないし、ひなみは良い奴だ。もう遠ざけるようなことをするのはやめよう。

傍《そば》にいよう。

勿論《もちろん》、正体を隠し通しつつな。

第十二話　友里との日常

とある放課後。学校の図書室の受付で、俺と友里《ゆり》は死んだ魚の様な目をしながら、

「暇ですな～、涼《りょう》さん」

「ですねー、友里さん」

「本当暇ですな～」

「ですねー」

こんなやり取りを、かれこれ五分ほど続けている。

図書室には俺と友里の二人しかおらず、さらに仕事が終わっているので、やることがない。

暇で暇でしょうがないのだ。

放課後の図書室の作業は図書委員の役割。本日は俺のクラスの図書委員が担当。だから、本来であれば図書委員である友里と、相沢《あいざわ》さんがここにいるはずなのだが……。

相沢さんが本日欠席してしまった。

その代わりに学級委員である俺が穴埋めとして来たのだ。勿論、華《はな》先生の押し付けでな。今日は職員会議などの関係により午前授業で学校が終わっている。だからこんなにも図書室がシーンとしているのだ。

そりゃ、せっかく学校が午前中で終わったのに、残って図書室で静かに本を読む生徒なんているはずがない。

皆遊びに行ったり、バイトをしているはずだ。

クソ……。俺も今頃は自室で音ゲーを楽しんでいたはずなのに。

「涼〜。しりとりをしよう〜」

「それさっきもやっただろ」

「いいじゃん。私から始めるね。リンゴ」

「ごはん。はい終わり」

「ちょっと〜！　真面目にやってよ〜！」

「いや、しりとりやるの七回目だぞ。いい加減飽きるわ」

「それ以外やることないじゃ〜ん！」

「だからって、こんなにしりとりやると逆に考えるのも面倒くさい」

「でも、本当にやることがないんだも〜ん！　当番終了まであと三十分あるし、退屈だよ〜」

友里はそのまま机に額を当て、うつ伏せた。

あまりに暇すぎて、あの友里ですら萎《しお》れた花の様に覇気がなくなっていた。

やることがないだけでなく、あと三十分も図書室にいなければいけない。

拷問だよ。暇すぎるのって逆に辛いよ。

「涼～、暇だからこのままシャットダウンするね。時間になったら電源ボタンよろしく」

「どこにそんなボタンがあるんだよ。パソコンかお前は」

「お願いできますかね、涼さん？」

さん付けして呼んだかと思えば、おねだりする幼い子供の様な目で俺を見つめてきた。

キラリと瞳を輝かせ、何度も瞬《まばた》きをする。ここだけ見ると何とも可愛《かわい》らしいが、よーく観察してみると、『私のお願い聞いてくれますよね？』と必死で訴えているのが分かる。

あざとい奴だな、おい。

「はぁー。しょうがない。時間になったら起こすから、寝ててもいいよ。それまでの間、俺はスマホで音ゲーでもしてるか」

「ありがとう～。助かるよ～。あ、ちなみになんだけど」

「ん？」

「スマホで何の音ゲーやってるの？」

友里と俺は共通の趣味を持つ趣味友だ。

髪染めに化粧とネイルをしているので、いかにもキラキラJK感が友里から漂っているのだが、音ゲーが好きという意外な趣味を持っている。

「俺が最近やってんのは、この音ゲーだ。マイナーだけど、凄《すご》い難しくて楽しいんだよね」

俺が友里にスマホの画面を見せると、

「えぇっ⁉　私もこれスマホに入れてるよ！」

萎れた花の様に覇気がなかった友里が、一瞬にして活力を取り戻し、バッと顔を上げた。

「え？　友里それマジ？」

「マジ！」

俺がやっているアプリはかなり難易度が高く、音ゲー好きの中でもやっている人は少ない。だからやっている人と出会えないと思っていたが、まさかこんなにも近くにいるとは。

やっぱ趣味友最高だな。

「友里、時間まで結構あるから一緒に対戦しない？」

「おぉ〜！　いいね！　やりましょうか！」

つい先ほどまでやることがなく、退屈でしょうがなかった俺達だが、どうにか退屈しのぎができそうだ。

二人でアプリを起動させ、そのまま通信モードを選択。

「言っておくけど、私結構やり込んでるから、勝つ自信しかないよ！」

小悪魔の様に、友里はニヤニヤと笑みを浮かべる。

「上等だ。かかってきな」

「言ったな～？　じゃあ負けた人は帰りにアイス奢《おご》りね！」

「やっぱなしとか途中で言うなよ？」

「勿論！　絶対勝っちゃうもんね！」

フンッと鼻を鳴らす様子から察するに、勝つ気満々だな。

だが悪いな友里。

俺、このゲームの日本ランク一桁なんだわ。


ゲーム開始から二十分が過ぎた頃。

「うぎゃぁぁぁぁぁぁぁぁ！　何でそんなにミスが少ないの！　強すぎる！」

俺のすぐ隣で友里は頭を抱えながら大声で叫んでいた。

キラキラＪＫの友里に対し、俺は一切手を抜かず、圧倒的な力の差を見せつけた。

既に十回ほど対戦をしているのだが、俺はその全てに勝っている。どちらのスコアが多いかで勝敗が決まるが、俺と友里とではゼロ一つ分違っていた。

「チートだよ！　絶対チート使ってるでしょ！」

「んなわけあるか。普通にやってるだけだぞ」

「じゃあ何でこんなに差が出るの！　悔しい～！」

目をギュッとつぶり歯を食いしばる友里。彼女のその様子を見ていたら、なんだかちょっと大人げない気がしてきた。

俺のランクは日本国内で一桁。大差を付けて勝ってもしょうがないだろ。

「もう一回！　次の勝負で負けた方が奢りね！　今までのは練習試合ってことで！」

「トータル戦だったら俺の圧勝だったけど……。まあ良いよ。次の試合で勝敗を決めるか」

「次は絶対負けないもんね！」

と、意気込む友里なのだが、その数分後。

「うぎゃぁぁぁぁぁぁぁ！　また負けた！　絶対チートだよ！」

先ほどと同じ反応になっていた。このやり取りさっきもやったでしょうが……。

「も、もう一回！　これが本命だからね！」

「さっきと言っていることが違うぞ。いつまでこのやり取り続ける気だ」

「私が勝つまで！」

「果たしてその瞬間が今日中に訪れるのか……」

「つ、次は勝つもんね！　絶対だもん！」

「そうは言っても、そろそろ時間だ。次でラストにしよう」

時計を見ると、あと数分で俺達の業務が終わる。このまま図書室でやっても良いが、データの使用量が凄い勢いで増えるし、いい加減家に帰りたい。

「え〜。分かったよ〜。次が本当の本当のラストゲームだからね！　分かった⁉」

俺達はそのまま最後の対戦を始めた。このまま俺の完全勝利でフィニッシュしようか。

そう思っていた時だ。

「ほうー。図書室が騒がしいと思って来てみれば、堂々とゲームをしているとはな……。良い度胸じゃないか、佐々波《さざなみ》に慶道《けいどう》」

「「え？」」

突然前から声をかけられ、俺と友里の口から同じ言葉が出た。

この声って……。

俺と友里は恐る恐る前を向くとそこには……。

眉間に皺《しわ》を寄せ、怒りマークがいくつも目元に付いている華先生が立っていた。

いつもの雰囲気とは一変し、先生の背後からは怒りと殺気に満ちた強い威圧を感じる。

ゴゴゴという効果音がマンガのようにはっきりと見える。

やばい。めっちゃ怒ってるよ……。ゲームに夢中で入ってきたことに全然気が付かなかった。

俺と友里は先生の威圧に屈してしまい、ブルブルと震え出す。

「スマホの持ち込みは許可しているが、ゲームの使用はダメだったよな？　お二人共」

「「は、はい……」」

「校則を破っているだけでなく、委員会の業務中に遊んでいるとは。舐《な》め腐った生徒には罰が必要だと思わないか？」

「「……」」

数秒間の沈黙の後、華先生はグッと俺達に顔を近づけ、こう言った。

「罰として、委員会の業務が終わった後、中庭の草むしりをしなさい。い・い・ね♡」

顔を近づけたかと思えば、華先生は先ほどまでの殺気を消し、不自然な満面の笑みを浮かべた。

怖い怖い！　そして近いよ！　そんな笑みを見せられても逆に寒気がするよ！

語尾にハートが付いてるけど、もうほぼこれ脅迫だよね？

断ったらただじゃ済まないぞって、言ってるよね？

「返事は？」

「「はい……。やります」」

ちくしょうっ！　あと少しで帰宅できたってのに！　まさかの延長戦かよ！

◇◇◇◇

華先生にサボッているところを目撃されてしまった俺達は、そのまま中庭で草むしりをすることになった。

もうかれこれ一時間ぐらいずっと草むしりをしている。

ちょっと疲れた。これどこまでやったら終わりなの？

伸びに伸びた雑草が、あちこちに生えている。これを二人で引っこ抜くにしても、今日中に終わるのかどうか怪しい。

まさか夕方まで続けるのか？

「はぁー。何でこんなことに」

俺は草むしりをしながら、ボソッと呟《つぶや》いた。

近くで同じく草むしりをしている友里に目を向けると、完全に疲れ切った顔になっていた。

そりゃ午後から授業がないっていうのに、こんなことをしてりゃ気持ちは落ち込むし、元気なんて出ないよな。

「いつまで続ければ良いんだか……」

今日の天気は晴れ。雲一つない青空がどこまでもどこまでも続いている。こんな日には遊びに行ったり昼寝をしたくなる。

今頃他の生徒は満喫してんだろうな。早く家に帰りたい。

そう思っていると、近くで雑草を抜いていた友里が突然スッと立ち上がった。目を輝かせ、手に持っている何かを堂々と俺に見せつけてきた。

「ねね涼！　これ見て！」

「ん？　あ、それって」

友里が手に持っていた物の正体は、テニスボールだった。

女子テニス部が使っているボールの一つが、偶然にも中庭に落ちていたのだ。

「ちょっと疲れたし、今からキャッチボールしようよ！」

「キャッチボールか。そうだな、疲れたし気分転換するか」

俺も友里に続き、スッと立ち上がった。

お互い十メートルほど離れた後、

「いっくよ〜涼！」

「おう！」

青空の下でキャッチボールを始めた。

友里が投げたボールを俺が受け止め、投げ返す。

最近音ゲーばかりやっていたから、良い運動になる。

「ねね、涼。ちょっと聞きたいことがあるんだけどいい〜？」

「あのさ、最近ひなみと凄く仲いいじゃん。何かあったの〜？」

「全然いいぞー」

……ギクッ！

友里の言葉に、俺は思わず顔が引きつってしまった。

「なーんか一緒にいることが多くなったな〜って思ってさ。あ、もしかして付き合ってたりしてるんじゃないの〜？」

友里はニヤニヤしながら俺の反応を窺《うかが》う。まるで中学生がカップルをからかっている様な仕草だ。

「べ、別に付き合ってないよ。ただ、まああれだ。ちょっとだけ仲良くなったというか、そ、その……」

古井《こい》さんの罠《わな》にハマり、それがきっかけで仲良くなった。そんなことを馬鹿正直に言えるわけもなく、俺は目を泳がせながら必死で言い訳を考えた。だが、何も思い浮かばず、言葉に詰まってしまった。

それを友里は照れ隠しだと勘違いしたのか、先ほどよりもさらにニヤニヤしだす。

「つまり、あの『千年に一人の美少女』と名前で呼び合う仲まで発展させたわけね〜。涼も中々やる男ですな〜」

「だ、だからそういうのじゃないんだって！　色々あってこうなっただけだ」

「別に隠さなくてもいいのに～。涼には特別にひなみの弱点教えてあげよっか？」

「弱点？」

「そうそう！　ひなみはね～、脇腹がちょ～弱いのですよ。だから今度くすぐってみなよ！　面白いよ～？」

「女子の脇腹なんて触れるかよ！　アウトだろ！」

「お二人の今の関係性ならきっとできるはず！　ファイトッ！」

「からかうのもいい加減にしろよ、友里……」

俺はギリッと友里を睨《にら》むと、

「ごっめ～ん。冗談だってば」

ペロッと舌先を出し、そのまま俺にボールを投げ返した。

友里の言う通り、最近ひなみと一緒にいる機会が多くなった。傍《はた》から見れば、付き合っていると思われても仕方ないが、正体がバレていないだけ、まだマシだ。

「何度も言うけど、付き合っていないからな。変な噂《うわさ》とか流すなよ」

「分かってるって！　心配は無用だよ～」

友里のことだし、変な噂を流さないと信じて、俺はそれ以上念を押すことはしなかった。

その後も俺達は雑談をしながら、キャッチボールを続けた。

勉強のことや、この先の林間学校についてなど。

たわいもない内容だが、案外楽しく俺達は時間を忘れて語り合った。

だが、この楽しい時間も突如悲劇的な結末を迎えることとなる。

「そうだ！　ちょっと一回本気で投げてみても良い？」

きっかけは、友里のこんな言葉からだ。

「え？　本気で？」

「うん！　ほら、プロ野球の選手みたいに投げてみたいんだよね〜」

普通のキャッチボールに飽きたのか、友里が突然そう提案した。

プロの投手みたいに本気で投げてみたい、という気持ちは分かる。俺も小学生の時、野球ボールを持つとついプロの真似《まね》をしていた。

「良いけど、ちゃんと狙って投げてくれよ。取りに行くの面倒くさいし」

「勿論《もちろん》！　私ピッチャーをやるから、涼はキャッチャーね」

「へいへい」

友里は後ろに下がり俺との距離を取るために後退する。その一方で俺は腰をグッと下ろし、キャッチャーの様に構えた。

「いつでもいいぞー」

合図を送ると、友里もプロの様に構えだす。

「それじゃあいくね！　もしどっか行っても私が取り行くから心配しないで！」

「了解」

「じゃあいくね！」

友里はグイッと綺麗《きれい》な太ももを上げ、勢い良く投げられる体勢に。そのまま大きく右手を振り、握っているボールを投げようとした。

その時だ。

ビュウッ！

突然強風が吹き、友里のスカートが大きくめくれた。

いつもはスカートで見えない真っ白な太ももが見えると同時に。

見てはいけない物……。そう友里のパンツが思いきり見えてしまった。

下着の色は特徴的な髪色と同じく、青色だった。

純潔感漂う下着に俺はドキッとしてしまった。

お、俺は悪くない。悪いのは強風のせいだ。不可抗力だ。

訴えられても、俺は無実を主張するぞ！

友里は自分のスカートがめくれたことに一切気が付かなかったのか、恥じらうことなく、そのままボールを投げた。

しかし強風のせいで軌道は大きく外れ、俺がいる場所からだいぶ逸《そ》れてしまった。

「やっばい！　風のせいで軌道がズレちゃった！」

友里は目でボールの行く先を追いながらそう言った。俺も後ろを向き、ボールを追ったがだいぶ奥まで行きそうだなこりゃ。後でボールを探さないと。

そう思ったのだが……。

本当の悲劇がここで突然訪れた。

「佐々波に慶道ー。ちゃんと草むしりやっているのかー？　先生が様子を見に来たぞー」

中庭の角から、担任の華先生が俺達の様子を見に来ていた。

角を曲がり中庭に入ると同時に、
ドスッ！

友里が投げたボールがエグイ音と共に華先生の額にヒット。

その瞬間を見てしまった俺は、南極海に突き落とされたかの様に、グッと体温が下がってしまった。

同時に俺は自身の死を悟った。

ボールが静かに落ちると、そのまま華先生はニッコリと笑いながらこう言いだした。

「ちゃんと草むしりをしているか様子を見に来たのに、まさかキャッチボールをしているとはな……。それも私にボールを当てるとは」

「「……」」

俺と友里は唾をごくりと飲んだ。

な、何も言えねぇ……。出る言葉が思いつかねぇ！

華先生は指をポキポキ鳴らしながら、笑顔で俺達に近寄る。

「図書委員の仕事をサボッて、草むしりもサボるとは……。これは相当な罰が必要ではないか？　お二人共」

「「え、ええっと……」」

「そんなにビビるなよ。殺すなんてことはしないからさ♡」

怖ぇー！　これマジでやばい！　そこらのホラー映画より怖いって！

「佐々波に慶道……。お前らには……」

笑顔だった華先生の顔が、一瞬にしてあの世の番人閻魔《えんま》の様な顔つきに変わり、

「反省文五千字提出だぁぁぁ!!」

「「す、すみませぇぇぇぇん!!」」

どこまでも青空が続く今日この日。

俺と友里の帰りは二十時を過ぎてしまった……。

なんか今日の俺不幸じゃね？

第十三話　林間学校

高校生となって、一カ月近くが過ぎた頃。高校生活初のビッグイベントが訪れた。

「おーし皆ー。林間学校の説明をするぞー。よーく聞いとけよー」

担任の教師である華先生《はな》は、教室全体に声を響かせた。

「林間学校はクラス内の交流を目的としたイベントだ。一泊二日と短い期間だが、これを機に友達を沢山作れよー」

この学校ではクラス内の交流を深めるために、入学後に林間学校が行われる。

毎年恒例の伝統行事らしく、男女共学になってもそれは変わらない。

「よし、じゃあこれから班のメンバーをくじで決めるぞー」

華先生はそのまま教卓の上に箱を置き、さらに続ける。

「このくじにA～Hまでの文字が書かれた紙が四枚ずつ入っているから、これで班を決めるぞー」

このクラスは全員で三十二人。一班四人となると、八班できる。

この班決めだが、俺にとってかなり大切だ。

何せ俺は……。

まだ男子の友達が一人もいない！

入学早々ひなみと仲を深めた影響か、クラスの男子だけでなく学年の全男子から遠巻きにされている。さらに登校から下校まで、ひなみと古井《こい》さん、友里《ゆり》の四人で過ごしているから男子との交流がほぼない。

思い返してみれば、俺はずっとあの三人の女子としかいない。

数少ないクラスの男子は既にグループを作っていて話しかけにくいし、近づきにくい。

だからこの班決めを気に、俺は何としても男子友達を作る！　交流を深める！

「じゃあ廊下側の席から順にくじを引いてもらうか。箱を回すからどんどん引いてくれ」

この言葉の後、次々にくじが引かれていった。

一人一人くじを引いていき、とうとう俺のもとにくじが入った箱が回ってきた。

俺はドキドキしながら箱の中に手を突っ込み、一枚引いた。

中はまだ見ないでおこう。もうちょっと落ち着いてから慎重に見るか。

心身を落ち着かせていると、隣の席から、

「あれ？　涼《りょう》はくじの中見ないの？」

友里が不思議そうに俺の顔を見つめてきた。

「ああ。もうちょっと落ち着いてから中を見てみるよ。めっちゃドキドキしてる……」

「えぇ!? 班決めでそこまでドキドキするの!?」

「友里。お前は俺の状況を何一つ分かっていないな。まだクラスの男子との交流がほとんどない！　だからこの班決めは俺にとって重要なんだ！」

メラメラと燃える俺の眼差《まなざ》しに、友里は苦笑いをしつつ、こう返してきた。

「そ、そうなのね……。まあ大丈夫だよ！　他の男子と一緒の班に、ぜーったいなれるって！」

「そうであってほしいよ……」

「涼は誰と同じ班なんだろうね〜。古井っちとひなみはどうだった？」

友里はくじを引き終えた古井さんとひなみの方に意識を向ける。

友里の言葉に最初に応えたのは、古井さんだった。

「私はB班ね」

この言葉に続き、ひなみも口を開いた。

「嘘《うそ》!? 私もB班だよ！　やったー！　古井ちゃんと一緒だ！」

おお。なるほど。

B班はどうやら四人中二人が決まったらしいな。

一人はドS王女古井さん。

二人目は『千年に一人の美少女』ひなみ。

個性強すぎて草。

「本当!? 二人もB班なの!? 私もだよ！」

え、なにそのミラクル。

仲良し女子三人組が同じ班になるなんて凄《すご》い確率だぞ。神様も大盤振る舞いしたな。

「やったー！ 古井ちゃんに続いて友里も同じ班なんだね！ すっごく嬉《うれ》しい！」

俺のすぐ隣でくじの結果に大喜びをするひなみ。

一方古井さんは、

「あら、奇跡ってこんな身近にあるものなのね」

あっさりと受け止めていた。

相変わらず冷静だ。天然のひなみとは違って、やっぱり落ち着きがある。

「あと一人は誰なんだろうな〜。もしかしたら、涼だったりして。いや、そんなわけないか〜」

「おい、何気にフラグ立ててね？」

何だろう。この謎にフラグが立つ展開。もうこのくじの結果が予想できてしまうんだが。

いやいやいや！ そんなわけない！ これはあくまでフラグだ、確定した未来でも結果でもない！

悪いが、男子友達を作るべく俺はB班以外の班を希望するぜ。

頼むぞ、神様！　俺に恵みを！

気持ちが整った俺は、手に持っていたくじを開いた。

そして書かれていた文字を見た途端。

俺は極寒の吹雪《ふぶき》の中にでもいるかのように、カチンッと固まった。

嘘だろう……。

「あれ涼君どうしたの？　くじを見た途端固まって……」

俺の不審な行動に疑問を持ったひなみは、隣からそっとくじを覗《のぞ》き込んだ。

「えーと、涼君の班は……。えっ？　私達と同じB班だ！　よろしくね！」

ひなみの言葉に、古井さんと友里も動揺を隠しきれなかったのか、すぐさま飛びついてきた。

「いや〜、本当にフラグ回収しちゃったね〜！」

「あら、最後の一人がまさか君とは。ちょっと残念だわ」

クソッたれが……。

何でだよ。

何でいつもこうなるんだぁぁぁ！

◇◇◇◇

くじ引きから、一週間が経過。

とうとう林間学校当日を迎えた。

集合場所の広場では、俺達一年生の前でメガホンを片手に持つ華先生が、熱く話し始める。

「おはよう！　諸君！　今日は待ちに待った林間学校だ！　高校生活初のビッグイベントだからこそ、思う存分に楽しめ！　そして沢山思い出を作れ！　いいな！」

朝っぱらか大声量を出す華先生に対し、周囲の生徒達は、

「「「おおおおお！」」」

これから狩りに行く狩人《かりゆうど》の様な雄叫《おたけ》びを上げた。皆気分高いな。

「良い返事だ！　それでこそ高校生だな！　お、ちょうどバスも来たところだし、ここからはクラスごとに移動してもらう！　担任の先生の指示をよく聞きながら動くように！」

華先生の言う通り、広場の近くにこれから俺達が乗る大型バスが何台も停車していた。

さすが元お嬢様学校だ。そこらの大型バスとは違い、車内にシャンデリアでもあるんじゃないかと思うほど高級感が漂っている。こりゃ快適に過ごせそうだ。

「A組はこのバスに乗るから、順番に奥から座ってくれ」

華先生の指示通り、俺達A組の生徒は目の前に停まっているバスの一台に乗り始める。

俺達が泊まる宿まではここから二時間近くかかる。

このバスでの移動時間だが、俺にとってとても重要だ。

二時間もバスに座るということは、親睦を深められるチャンスだ。クラスの男子の隣に座って、絶対親睦を深めるぞ！

この林間学校で何としても友達を作る！

先頭の生徒がバスに乗ろうとした瞬間、

「華先生、ちょっと良いですか？」

古井さんの言葉が、華先生や他の生徒の注意を引いた。

「んん？　どうした古井？」

「バスの席順なのですが、班行動しやすいように、各班ごとに固まって座るのはどうでしょうか？」

……え？

今古井さんなんて言った？

班ごとに座るとか言った？

「あー。確かにそっちの方が良いな。よし！　じゃあバスの席順は班ごとに座ろう！　A班から順に奥に座ってくれ」

そんな俺を見た古井さんは、顔が引きつってしまう。

置かれている状況に気が付き、最初からハメようとしていたのか⁉

あの人最初からこれを企《たくら》んでたのか⁉

俺の席の隣って……、消去法でひなみしかいないじゃねぇか！

その瞬間、どうして古井さんが俺の方を見ていたのかが理解できた。

俺の班は古井さんと友里とあとは……あ。

班ごとに座るようにって、華先生は言ってたよな。

待てよ。

え、何で俺の方を見てるの？　いや、見ているというより俺のリアクションを窺《うかが》っている様に……。

古井さんはすぐ隣にいる友里を誘った後、俺の方に顔を向けた。

「うん！　全然良いよ～」

「じゃあ友里、私と一緒に座りましょうか」

何でこう俺の青春には邪魔が入るの⁉　おかしくねぇ⁉　ってか急に何言い出すの⁉

古井さん何言ってるの⁉　バスでの時間は親睦を深められるから期待してたのに！

ちょっとおぉぉぉぉ！

……。

「ふっ」

と鼻で笑った。

か、確信犯だこの人！　この人最初から俺とひなみを隣同士にさせるために、わざと華先生に提案したのか！

またハメられた！

このドSが！　いつか訴えてやる！

「よしA班の人からバスの奥に座ってくれ。時間もないしほら早く」

華先生に急《せ》かされ、俺は抗《あらが》うことができず、A班に続きそのまま奥の席に座ってしまった。

抗うこともできたかもしれないが、担任教師＋ドS王女を相手にしたら、さすがに負ける。

ここは耐えるしかない。そうだ、まだ林間学校は始まったばかり。他の時間で親睦を深められるはず。

ここは耐えるんだ。

俺は席に座りながらそう考えていると、

「涼君、隣良いかな？」

ひなみが不安そうな顔で俺を見つめていた。

「お、おう。全然問題ない。ほら座って」

「本当⁉　ありがとう！」

ひなみの表情が、一瞬にして明るくなった。

ちなみに、俺の隣の列に友里とこの状況を招いた古井さんが座っている。

あのドS王女古井さんがいなければ、俺は今頃クラスの男子と隣同士で座れたかもしれないのに。

俺は仕返しにと思い、猛獣が獲物を威嚇する時の様な目つきで、古井さんをギリッと睨《にら》んでやった。

きっと古井さんの目には、『ガルル！』って感じの効果音と一緒に見えているはずだ。

これで少しはビビるはず。

数秒間強く睨んでいると、古井さんが俺の視線に気が付いた。

どうだ？　ビビッたか？

しかし残念なことに古井さんは全くビビらなかった。いつも通りのクールさを保っていた。

そのまま何食わぬ顔で右手をスッと前に出し、口パクでこう言った。

「お手」

お手じゃねぇよ！　犬か俺は！

中学時代はこの目つきの悪さで何人もの女子から恐れられたのに、ちっとも効いてねぇ！

「せいぜい楽しみなさい」

最後に口パクでそう言った後、小悪魔の様な笑みでウィンクをしてきた。

やっぱあの人ドSだよ。俺をいじることに快感を覚えているよ！

誰か助けてぇぇぇぇぇ！


バスが発車すること一時間。

車内ではクラスメイトの楽しそうな雑談があちこちから聞こえてくる。

一体何の話をしているのかは聞き取れないが、声のトーンなどから察するに、盛り上がっているのは確かだろう。

周囲がおしゃべりに夢中になっている中で、俺はというと……。

「ひなみ、本当大丈夫か…？」

「うぅ……。気分が凄く悪い……」

緊張が走っていた。この会話の通り、俺の隣にいる『千年に一人の美少女』が、なんとバス酔いしてしまった。

な、何故《なぜ》こうなる……。何で次から次へとトラブルが起きるんだ？

「ご、ごめんね、涼君……。私が酔っちゃったせいで迷惑かけて」

「大丈夫だから気にするな」

顔色が真っ青になっているひなみを見ると、ちょっと可哀《かわい》そうに思えてくる。本当に辛《つら》そうだ。

だが、こうして近くで見ると、弱っている姿も本当可愛《かわい》い。

普段の学校生活は真面目で成績優秀。さらに教師や他の生徒からの人望も厚い。

そんな完璧なひなみが、こうも弱っていると、何か心に刺さる。

つい無視できなくて心配になる。

「く、苦しいぃ」

「あと少しでサービスエリアに着く。それまで我慢するんだ」

「う、うん」

弱々しい声を発しながらも、必死で酔いに耐えるひなみ。だがあと少しというところで、魔の手が襲いかかる。

「えー、時乃沢《ときのさわ》高校の皆さんにご連絡です」

突如車内に中年男性の声でアナウンスが流れた。話し手は運転手さんだ。

「この先の道路が事故の影響で渋滞しているため進路を変更します。カーブが続くので、ご注意ください」

……え？　カーブが続くだと？　い、嫌な予感しかしない。

直後。バスは大きく進路変更し、高速から外れた。そしてそのままカーブが続く山道へと進んでいく。

バスが右へ、左へと大きく揺れる度に、隣に座るひなみの顔色がどんどん悪くなっていく。

ああマズいマズい！　これはやばいって！

「りょ、涼君どうしよう……。体が揺れて気分が……。うぅ」

ひなみの体は小さくそれでいて細い。今のこの状態じゃバスの遠心力に逆らえない。

無視し続ければ、いずれ……。

そうなったら完全にやばい！

こ、ここは仕方ない！　不可抗力だがやるしかない！

「ひなみ！　俺の腕に掴《つか》まれ！　俺の体幹なら、カーブが続いても体の揺れを最小限にできる。俺の腕に掴まって耐えるんだ！」

「いや、でも迷惑だよ……」

「いいから掴まれ！　気にするな！」

「う、うん！」

そのままひなみは俺の腕を両手でがっしりと掴み、カーブに備えた。
以前武術を習っていた時、一緒に体幹も鍛えていたから自信はある。カーブが続いても
そこまで俺の体は揺れないはず。
だが何だこの感触は？　俺の腕に何か柔らかいものが当たっているような……。
俺はこの感触の正体を探るために、視線をそっとひなみの方に向ける。
あ、この柔らかい感触の正体って……。
ひなみの胸じゃねぇか！
本人は腕を掴むことで精いっぱいだから気が付いてないけど、思い切り胸当たってます
よ！
やばいやばい！　え⁉　なにこれ⁉　言った方が良いの⁉　でももし言ったらひなみの
掴む力が弱まり、酔いが悪化する。
それだけは阻止しないといけない。ということは……。
休憩場所に着くまで俺はこの柔らかい感触に耐えないといけないのか！
嘘《うそ》だろ！　左右どっちに揺れても、ひなみの胸が押し付けられてくるこの状況に我慢し
ないとならんのか！
「涼君の腕に掴まってると、揺れが少なくて凄《すご》い落ち着く。ありがとう」
隣で酔いに耐えているひなみを見ていると、胸が当たっているなんて死んでも言えな

い！

　ああもう！　やるしかない！　休憩場所まで耐えてやるぞ！

　俺はぶっ飛びそうになる理性をどうにか維持しながら、必死に歯を食いしばった。

　にしても、意外にもひなみの胸って大きいんだな。

　俺は少しだけそんなことを考えつつ、残りの時間を堪え凌《しの》いだ。

◇◇◇◇

　休憩場所で一休みしたのが良かったのか、ひなみの体調は次第に回復していき、宿に着いた時には、まるで何事もなかったかの様に元に戻った。

　走行中ずっと俺の腕を摑んでいたから、揺れによる酔いが軽減したのかもしれん。

　胸が当たっていたことは、記憶の奥底にしまっておこう。

　宿に着いた後、俺達は早速班行動を開始した。

　俺達が最初にやるイベントは、近くにある野外調理場でカレーを作ることだ。

　カレー作りは班ごとに行うため、ひなみと古井さん、友里と共に作業を始めた。

「よ〜し！　美味《おい》しいカレーを作っちゃおうね！」

「うん！　皆で作ったカレーは絶対美味しいよ！」

友里とひなみは包丁片手に意気込みを見せると、早速ジャガイモやニンジン、豚肉を切り始める。

ちょっとだけ頼もしい姿を見て安心したが、それも束《つか》の間《ま》。

この二人の包丁捌《さば》きを横から覗《のぞ》いてみたら……。

「あれ～？　ジャガイモの皮を剝《む》くつもりが実まで結構いっちゃったな～」

「どどどどどどうしよう友里！　ニンジンの皮を剝こうとしたら一刀両断しちゃったよ！」

お前らどんだけ料理下手なんだよ……。

あんなに大きかったジャガイモが小さくなっているし、ニンジンに関しては意味が分からん。どうやれば皮を剝くつもりが一刀両断できるんだ？

「もしかして、二人共料理経験なし？」

「「え？　普通にあるよ？」」

「あるのかよっ！」

嘘だろ。友里とひなみは料理経験があってこれかよ。

「ちなみに得意料理って何？」

「え～と、私はカップラーメンかな！」

「私も友里と同じ！　カップラーメンなら美味しく作れるよ！　得意分野はシーフード！」

「それ料理じゃねぇーだろ！　誰でも美味しく作れるわ！　味が変わろうと作り方は同じだろう!?」

おいまじか！

ラブコメアニメだと料理が下手なヒロインはベタだが、この二人はそんなレベルじゃねぇー！

料理レベル一にも到達していないぞ！

二人の手にかかれば、本来なら美味しいはずのカレーも、魔界のスープと化す。せっかくの昼食が台無しだ。

ど、どすればいいんだ？

二人の料理スキルのなさに絶望していると、希望の光が突如として見え始めた。

「まったく……。友里もひなみも変わらないわね。ほら二人共ちょっとそこどいて。私がやるわ」

こう言ったのは、天下のドＳ王女である古井さんだった。

そうか！

見るからに古井さんは手先が器用そうだ。だから、納得の包丁捌きができるはず！

「ちょっと本気出すとしましょうか」

古井さんが包丁を片手に持った直後。

タンタンタンタンタンッ！

リズムよくニンジンを切り始めた。

す、すげぇー！

さすが古井さんだ。あんたはやる人だと思っていたよ。

「凄いな古井さん。料理得意なんだね」

「小さい時から親に教わっていたからね。少しだけならできるわ」

「へぇー、そうなんだ。ん？　ちょっと待って。少しだけってどういうこと？」

嫌な予感がしたが、それは見事的中する。

あれほどリズムよくニンジンを切っていた古井さんだが。

ブシュッ。

そんな音と共に、古井さんの指が軽く切れてしまった。

「ま、またやってしまった……。うぅ……手が痛い」

「はぁ!?　ちょっと古井さん大丈夫!?」

「ええ、大丈夫。軽く切ってしまっただけよ」

う、嘘だろ……。

あれだけ言っておいて一分もしない間に負傷したぞ！

幸い傷口は深くなく軽傷程度だけど、さっきの料理できますよオーラはどこ行った!?

「あちゃ〜相変わらず古井っちは包丁握るとすぐ指が切っちゃうよね〜」

この状況に見慣れたかのような目をしながら、友里はそう言う。

「相変わらずってどういう意味だ？」

「古井っちは手先の器用さと不器用さが半々なのよ〜。包丁捌きは見事だけど、すぐ指切っちゃうからね〜。昔から変わってないな〜」

「……まじですか」

え、じゃあ何？

俺以外の班メンバーほぼ包丁使えないの？

どうにか林間学校の会場に着くことができたと思えば、またトラブルかよっ！

仕方ねぇ！

頭をくしゃくしゃかきながらも、俺は古井さんに代わり包丁を握りだす。

「よし！　俺が食材を切るからお前らは他のことを頼む！」

「うん分かったよ涼君！」

「おっ！　これは頼もしいね〜。じゃあよろしく頼むよ涼！」

「ま、まあ手が切れていなければ私一人でもできたけど、今回だけは君に任せるとするわ」

女子三人はそのまま他の準備をすべく動き出した。

ひなみは野菜を手洗いし、友里はお米を研ぎ始める。古井さんは手を負傷しているので、火を焚《た》きだした。

料理経験はさほどない俺だが、この中だったら一番マシだろう。

他の班と比べたら、包丁を使えるのは俺だけだから、時間がかかる。

なるべく後れを取らない様にしないとな！

俺は次々と食材を切っていく。

そんな時だ。

「友里。火が焚けたから釜を持ってきてちょうだい」

「オッケイ古井っち！」

古井さんの方を見ると、激しく炎が燃え上がっていた。

よし、案外早く火の準備ができたな。

友里は先ほど研ぎ終えた米を釜に入れ、ゆっくりと火の方へと歩き出す。

この調子なら、どうにか間に合うだろう。

と、油断していた俺に思わぬハプニングが襲う。

「あっ！　しまった！　涼避《よ》けて！」

友里の慌てた声が聞こえたので、彼女の方に顔を向けると……。

友里の手から離れ、そのまま俺の顔一直線に向かう釜が目に入った。

え……？

ちょっとどういうことですか、これ？

いきなりの展開に何もできず、俺の頭に思い切り釜が当たる。

ドシャッ！

米を含んだ水が降り注ぐ。

頭は当然だが、ジャージもビチャビチャになってしまった。

「ご、ご、ご、ごめん涼！　石に躓《つまず》いちゃってその弾みで手を放しちゃった！　本当ごめん！　ど、どうしよう⁉」

視線をあちこちに泳がせる友里。わざとじゃないことは見ればすぐ分かる。

確かにこの外調理場は転びやすい。大小無数の石があちこちに転がっているし。

「いいよ、友里。故意にやったわけではないし。俺のリュックに体操着が入っているから持ってきてほしい」

「ほ、本当ごめん！　すぐにタオルと体操着持ってくるね！」

友里は慌てつつも急いで走り出す。一分も経《た》たないうちに、友里は俺のリュックとタオルを急いで持ってきてくれた。

「このリュックだよね⁉」

「うん。体操着の上を出しといてくれる？　時間もないし今ここで着替えるよ」

「了解！」

俺はそのままジャージを脱ぎ始める。中に着ていた下着もびっちょりだ。女子の前で上半身裸になるのは若干抵抗があるが、仕方ない。脱ぎ終えた俺は、体操着の上を着ようとした。

その時だ。

「え……？」

何故《なぜ》かポカンとした表情で突然友里が呟《つぶや》いた。

な、何だ？　いきなりどうした？

疑問に思っていると、友里は俺の右肩にそっと手を添える。

「りょ、涼。どうして右肩に傷が……。こ、この傷って……。もしかして……」

俺の右肩にある傷を見た友里の目は、どこか悲しみに満ちていた。

「この傷か……。俺が小学一年ぐらいの時の交通事故でできたんだ。友達が道路に飛び出したから助けに行って。それでできちまったんだ」

俺の右肩には生々しい傷跡がある。

小学一年生の時、とある女の子を交通事故から守るために道路に飛び出し、傷が残ってしまったのだ。

幸い、右肩に車の一部が当たったぐらいで済んだのだが、その傷跡は今もなお消えていない。それに女の子の方はもう引っ越しをしている。今どこで何をしているのかさっぱり分からん。

だけど、俺はこの傷に関して隠すつもりはない。恥ずかしくもないし、コンプレックスにも感じていない。

だからいつも人に見られても気にしない。

しかし、この時だけは違った。

目の前で肩の傷を見た友里の反応に、俺は少々戸惑ってしまった。

「もしかして涼ってあの時の……。そんな偶然って……」

友里の顔はまるでトラウマでも思い出してしまったかのように豹変《ひょうへん》している。

いつも明るく活発で、ちょっとばかりお調子者。

そんな彼女の印象が、少し崩れかけた。

「ど、どうしたんだ友里？　さっきから右肩の傷を見て……。もしかして痛々しかったかな？」

「う、ううん全然！　ちょっと考え込んじゃっただけだよ！」

「そ、そうか……。なら別に良いけど」

どこか様子がおかしい。でも深掘りはしないでおこう。

友里のあの様子が若干気になったが、俺はあえて突っ込まないでいた。

体操着に着替え終えた後、俺達の班はどうにか時間内に昼食を作り終えることができた。

かなりギリギリだったが、結果オーライ。美味《おい》しく食べることができた。

しかし、昼食中に時折見せる友里の悲しそうな表情が、俺の目に何度か映り込み、それが心に引っかかった。

◇◇◇◇

昼食を終えてかなり時が過ぎ、空はすっかり暗くなった。

時刻は午後八時だが、真夜中とさほど変わらない。

山の中にあるせいで、辺りは真っ暗。それに加え車の通る音すら全く聞こえない。

沈黙と暗闇。この二つが支配する環境の中。

一年生全員は山のふもとにある、小さな広場に集められた。

数分もすると、担任の先生である華先生がメガホンを片手に、一年生全員の前に姿を見せた。

大きく息を吸い込み、メガホンに口を当てる。

「よーし、全員揃《そろ》っているな！　じゃあ早速だが、本日最後のイベントである肝試し大会を始めるぞぉぉぉぉ！　青春を謳歌《おうか》してくれ諸君！」

「「「いぇぇぇぇぇぃ！」」」

華先生の熱量に負けないぐらい、他の生徒達も声を大にした。

俺達のすぐ後ろには山の途中まで続いている小さな道がある。

これをくじで決めた二人一組になって、真っ暗闇の中を歩くのだ。中々のスリリングに加え、道の途中に先生達による仕掛けもあるらしい。

「よーしお前ら！　今から各クラスの先生がくじの箱を持ってくるから、ペアを決めてくれ！　準備が整い次第、肝試し大会スタートだ！」

華先生の言葉の後、各クラス担任の誘導の下、続々とくじが引かれていった。

ペアになれるのは同じクラスの人だけ。だが男女共にランダムだ。

このペア決めというのが、非常にワクワクするのだが、俺も馬鹿じゃない。

今まで数々のトラブルが連発しているんだ。分かっているさ。くじの結果など！

どうせいつもの展開になるに決まっている！

やってやろうじゃねぇか！

「よし、次は慶道《けいどう》か。さぁ、箱の中からくじを引いてくれ。中に数字が書いてあるから、同じ数字同士の人とペアだ。いいな？」

「分かりました、先生」

俺は分かり切っている結果に開き直り、さっさとくじを引き終えた。

見なくたって分かることだが、まあ見ておこう。

俺はたった今引いたくじの番号を見てみると、『十三』と書いてあった。

なるほど。『千年に一人の美少女』もきっと十三番なのだな。

俺はくじを片手に握りしめ、既に引き終えたひなみの方へと向かった。

「ひなみ、何番だった？　もしかして十三か？」

「え？　ううん。違うよ。私は七だったよ」

「そうだよな、よしじゃあ準備する……。ん？　ちょっと待て。今なんて言った？」

「七を引いたんだけど……」

「七だとぉぉぉぉぉ!?」

どういうことだ!?　今までの流れだと、肝試しのペアもひなみになるはずだ！

おかしいぞ！

「涼君は十三だったの？」

「あ、ああ。十三だった」

「そっか。涼君と同じが良かったな……」

「え、ごめん。今なんて言った？」

ひなみが突然声を小さくしたため、俺は反射的に聞き返した。

「う、ううん！　何でもないよ！　あ、ペアの人を探してくるね！　また後で！」

「お、おう」

ひなみはそのまま俺の傍《そば》から離れていった。

ちょっとどこか落ち込んでいるように見えたが、気のせいか？

いやいや待て。

そんなことよりも俺のペアって誰だ⁉

てっきりひなみだと思っていたが違った。

一体誰が……。

俺は真のペアを探すため、首をあちこちに振っていると、こんな声が聞こえてきた。

「お～、数字は十三か～。誰と一緒なんだろうな～」

ん？

今十三って言ってたよな。それにこの口調と声。

もしかして……。

俺はくじを先ほど引き終えた友里のもとへと歩み寄る。

「友里……。もしかして十三番のくじを引いたのか？」

「うん！　そうだよ！　涼は？」

「お、俺も十三番なのだが……」

「え……。本当？」

「ガチだ」

「じゃあ私と涼がペアになるんだね」

「そうなるな。よ、よろしく」

「う、うん。私の方こそよろしく」

ちょっと、どういうことですか神様ぁぁぁ!?

いつものフラグ回収してないんですけど!?

これはこれで何か起きそうで不安なんですけど!?

頼むから何も起きないでくれよ!?

ガチでお願いしますよ!?

第十四話　過去

くじ引きから少し経《た》ち、俺達二人の番が回ってきた。

「よし！　次のペア、そろそろ行くぞ。こっちへ来てくれ！」

華《はな》先生の指示通り、俺達は入り口へと近づいた。

「いいか、慶道《けいどう》と佐々波《さざなみ》。私達のすぐ目の前にある山道を真《ま》っ直《す》ぐ進むんだ。途中分かれ道があるが、看板が立っている。その指示に従ってくれ。それじゃあ思いっきり青春を楽しんでこい！」

華先生はとびっきりの笑顔を見せると、俺達の背中をグッと押した。

「じゃあ行くか」

「うん」

俺と友里はそのまま真っ暗闇の細い山道を歩き始める。

山道を歩み始めてから恐らく十分程が経過した。

最初は十分程度で終わるのかと思っていたが、まだ分かれ道が見えないので、案外時間がかかりそうだ。

「いや～、さっきの仕掛けにはヒヤッとしたね～。案外ホラー要素あるね！」

この暗闇の中で超目立つぐらい、友里はニコニコしていた。

ここまで来る途中、先生や林間学校運営委員が仕掛けたお化けトラップが、いくつもあった。

突然白装束の人が現れたり、奇妙な笑い声が聞こえたり。

女子だったら即悲鳴を上げて、驚くはずなのだが……。

友里は違った。

『うわっ！　涼見た今の⁉　すっごいリアルだね！』

『えぇっ⁉　なんか笑い声が聞こえる！　ちょっと声のする方に行ってみない⁉』

『お化けと友達になれるかな？』

などなど。こんな感じの反応がずっと続いており、恐怖を微塵《みじん》も感じていなかった。というか、好奇心が強すぎて、逆にお化け役の人が反応に困っていた。

「本当にヒヤッとしてたのか？　すげー目がキラキラしているぞ？」

「いや～、昔からお化けには興味があってね～。怪奇現象とか超大好きなんだ！　だから直《じか》に見ると、超興奮しちゃう！」

「そ、そうなんだな。結構珍しいな」

すぐ隣で興奮を抑えられていない友里に対し、俺は苦笑いを浮かべた。

にしても何だ？　このテンプレから外れた展開は。

いつもなら、ひなみとペアになって、さらにトラブルが起きる、みたいなベタな展開になるはずだ。

そうならないということは、逆に嫌な予感しかしない。

そう思いつつ俺達は足を進めていると、突然友里の足が止まった。

「ん？　どうした友里？」

「分かれ道がある」

友里の言う通り、少し先に分かれ道と二つの指示が書いてある看板があった。

うち一つには『肝試しは右に進むように』と書かれている。

華先生の指示通り、この看板の指示に従えばいいだけだ。

俺はそのまま右の方へと進もうとしたのだが、何故《なぜ》か友里は俺の後を追ってこなかった。

「どうした？」

「涼、右じゃなくてさ……。左の方に行ってみない？」

「え？　左？」

「うん。肝試しが始まる前に、案内板をちょっと見てたんだ。この道を左に行っても到着地点は同じだよ。まあ左の方がちょっと時間かかりそうだけどね」

「え、でも右に行った方が良くないか？」

「まだ時間はあるしさ、左行こうよ。それに……」

友里は視線をスッと逸《そ》らし、小さくこう言った。

「ちょっと、涼と話したいことがあるからさ。できれば二人っきりになりたい」

その後少し話し合いをした結果、俺が先に折れ、友里の提案通り左の道へと進んでいった。


左の道は当然だが極めて静かだった。

さっきまでは仕掛けやらがあったが、俺達が今歩いている道にはそれがない。

聞こえてくるとすれば、後発組の悲鳴や、野鳥の不気味な鳴き声ぐらい。

静まり返ったこの空間には、俺と友里の二人しかいない。

さっきまではちっとも感じていなかったのに、ちょっとだけ緊張してきた。

多分原因は友里のあの言葉だ。

『涼と話したいことがある』

それに、あえて邪魔が入らない道へ行き、二人っきりになる状況を作る。

よくよく考えてみれば、結構やばいシチュエーションな気がする。

「あ、あのさ涼。ちょっと良いかな？」

静かに歩いていた友里が話し始める。

「え？　お、おう」

友里は少し黙り込むと、暗い表情を浮かべながらこう切り出した。

「涼の肩の傷について、言っておかないといけないことがあるんだ」

「……え？　肩の傷？」

「うん。今でも信じられないんだけど、それでも言わないといけない。だから聞いてほしい……」

俺はコクリと頷《うなず》いた。

「お昼の時さ、肩の傷のことを聞いたよね。女の子を助けるために交通事故から守ったって」

「ああ。轢《ひ》かれそうになったから助けに行こうとして、逆に俺が轢かれてしまったんだけどな」

「その女の子が、今目の前にいるって言ったら……。涼はどうする？」

「え？」

ちょっと待て。待ってくれ。ど、どういうことだよ、それ？

友里の言葉がもし本当だとすると、あの時助けた女の子って……。

「友里、お前があの時の女の子だったのか⁉」

友里は数秒間沈黙した後、下に向けていた顔をグッと上げた。

「うん。あの時の女の子の正体は私なんだよ」

第十五話　私の過去

小学一年生の時の私——佐々波友里《さざなみゆり》には、友達が一人もいなかった。

皆から根暗と呼ばれていたし、自分の顔に自信が持てなかった。

今思うと自己肯定感がなかった気がする。そのせいで、上手《うま》く周囲と打ち解けられず、基本一人だった。

唯一学校で話せる女の子が一人いたけど、住んでる場所も自宅から遠くて、さらに違うクラスに所属している。だから親友と呼べるまでの仲を深めることができなかった。

学校では常に一人で本を読んでいるだけ。皆と話したり遊んだりすることは、ほとんどなかった。

そんな私に、皆はこうあだ名を付けた。

『もさもさ頭の口なし女』

髪の毛がぼさぼさしていて、一切喋《しゃべ》らない。

それが原因でこんなあだ名が付いてしまった。

いつも笑い者にされ、侮辱される。そんな毎日が嫌になり、親に学校なんて行きたくない旨を伝えた。

その結果、私は一年生の春休みに引っ越しをすることになった。

他の学校だったら自分を受け入れてくれるかもしれない。二年生になったら何か変わるかもしれない。

そんな希望が私の胸の中にあった。

早く違う学校に行きたい。

そう思いながら、春休みを過ごしていた時。

私の運命を大きく変える出会いがあった。

その日は雲一つない晴天で、春風が心地よい日だったことを今でも覚えている。

家にいても暇だった私は、公園で一人砂遊びをしていると、

「ねぇねぇ！　君、一人で何しているの!?」

見知らぬ男の子に声をかけられた。

「え……？　あ、あの君は……？」

「俺は涼《りょう》って言うんだ！　お父さんの仕事で、昨日ここら辺に引っ越してきたんだ！」

その時の男の子――涼の目は、どこかキラキラしていた。

これからの生活と新しい出会い。この二つにワクワクしていることが分かるほど、目が

光り輝いていた。

当時の私とはまるで正反対。光と影みたいだった。

「そ、そうなんだね……。でも私に話しかけない方がいいよ……。第一小学校の皆からは『もさもさ頭の口なし女』って言われているし」

「えぇっ⁉　君、第一小学校なの⁉　春休みが終わったらそこに通うんだ！　新二年生として！」

「……え⁉」

凄《すご》くびっくりしたことを、今でもしっかり覚えている。

私と入れ替わるように、涼は第一小学校に転校してきたのだ。

「良かったー。早速新しい友達ができたよ！　嬉《うれ》しいな！」

「あ、待って。その……私ね。この春休みが終わったら別の学校に転校するの……。だから君とは一緒に通えない」

「えっ⁉　そうなの⁉」

「うん……」

「そっかー。それは残念だなー」

この言葉を聞いた時、私はちょっとばかり安心した。新しく学校に通う涼の評価を下げたくなかったからだ。

こんな私と一緒にいたら、この子にまで迷惑がかかる。

こんな見た目の私と一緒にいたいと思う男子なんて、いるはずがない。

勝手にそう決め付けていたが……。

「じゃあさ！　転校するまで俺と一緒に遊ぼうよ！」

「え⁉」

私の心を覆っていた分厚いガラスが、砕け散る音が聞こえた。

今まで、『遊ぼう』なんて言葉を、言われたことがなかった。幼稚園でも周囲と馴染《なじ》めず、小学校も孤独だった。

私にとって一人でいることなど当たり前で、誰かと遊ぶなんてことは絶対にあり得ないと、決め付けていた。

だけど、さっきの言葉のおかげで、その思い込みが打ち砕かれた。

涼の言葉は純粋に嬉しかった。もう一度言ってほしいぐらい嬉しかった。

でも、心のガラスはなくなったが一歩踏み出す勇気がなかった。

見捨てられてしまうのではないかと思い、凄く怖かった。

だからついこんな言葉が出てしまった。

「わ、私と一緒にいても楽しくないよ……。それに他の皆に私と一緒にいるところを見られたら、いっぱい悪口言われちゃうと思うし」

心を覆うガラスはない。だが自分で作った殻に、私の本音が閉じこもっていた。

勇気が出ない。大切な一歩が踏み出せない。

一人で勝手に立ち止まってしまう私に対し、涼はこう言った。

「別にそんなこと俺は気にしないよ！　一人ボッチは辛《つら》いしつまらないじゃん！　俺と一緒に遊ぼうよ！」

その時の涼の瞳は、真《ま》っ直《す》ぐだった。一直線に私の目を見つめていた。

嘘《うそ》偽りが一切ない。目を見ただけですぐに分かった。

「本当に一緒に遊んでくれるの？」

勇気を振り絞った割には随分と小さい声だったけど、それでもしっかりと涼は返事をしてくれた。

「勿論《もちろん》！　遊ぼうよ！」

「ほ、本当に……？　こんな私と一緒に遊んでくれるの？」

「おう！」

もしこの手を握ったら、私の未来が変わるかもしれない。

自分を変えることができるかもしれない。

自信を持つことができるかもしれない。

私は勇気を振り絞って、差し伸べられた手をそっと強く握りしめた。

「あ、ありがとう。よ、よろしくね涼」

「ああ！　そういえばまだ名前を聞いてなかったな。何て言うの？」

「わ、私は友里！　友里って言うの！」

「友里って言うのか！　よろしく！　早速砂遊びしようぜ！　俺カッコいいお城を作りたい！」

「う、うん！　わ、私もお姫様が住んでいるような城を作りたい！」

私達は時間の流れなんて一切気にせず、ずっと砂遊びをしていた。

楽しかった。本当に楽しかった。

誰かと一緒に遊ぶのがこんなにも楽しいなんて、知らなかったよ。

もっと早く涼と出会いたかった。

久々に、家族以外の人の前でいっぱい笑った気がする。

忘れてたな。笑うとちょっとだけ幸せな気持ちになれるんだね。


こうして、転校間近の私に初めて男子の友達ができた。

涼と私が一緒にいられる期間はたったの二週間。

でも、そんなことを一切気にせず、私達はその後もほぼ毎日遊んだ。

とにかく涼は毎日全力で、私と一緒にいても本当に楽しそうだった。最初は不思議に思っていたけど、段々と私も全力になるようになった。

春休み前に比べたら、随分と活発に、元気いっぱいになっていった。

こんな日が毎日続けばいいのにな……。

当時一年生だった私はそう思っていた。

だけど、時間の流れは私の気持ちなど一切聞いてくれなかった。

あれだけ楽しかった日々も、とうとう終わりを迎えた。

引っ越しの前日。

涼は『最後だから』と言い、以前遊んだ山のふもとまで私を連れていった。

そして二人一緒に山道を登り始める。

その途中で、これから何をするつもりなのかを涼に聞いても、一切答えてくれなかった。

「行けば分かるさ」

これしか言わなかった。

山道を登る涼のスピードは速く、後ろを追いかけるのが精いっぱいだった。

疲れてきて、足も痛くなってきた時、涼の足が突然止まった。

「やっと着いた！　友里こっちだ！　俺について来い！」

涼は私を置いて一人思い切り走り出した。

「あ、待ってよ涼！」

無我夢中で走り出し、必死で涼の後を追う。

やっぱり男の子の足は速く、追い付くのに少し時間がかかってしまった。

そのまま山道を抜け、とある広場へと出た途端。

私は目の前に広がる光景に思わず息を止めてしまった。

「どうだ友里！　すっげぇーだろ！」

今私の目の前には……。

春の訪れを感じた沢山の花が、辺り一面に咲き開いていた。

菜の花やクロッカス、レンギョウなどの花がいくつも咲いていた。

風が吹く度に綺麗《きれい》な花びらが無数に舞う。

幻想的な光景だったと今でも覚えている。

本当に綺麗だった。

「す、凄い。本当に凄いよ！」

「だろ！　ちょっと前に山登りしただろ？　それを駄菓子屋のおじちゃんに言ったら、この場所を教えてくれたんだ！　お別れの日は、この景色を友里に見せようと決めていたんだ！」

そうか。だから無理やりにでも私をここまで連れてきてくれたんだね。

「あ、ありがとう涼。すっごく嬉しぃ！」

「そりゃ何よりだ！　にしししし！」

涼の笑いにつられ、私も思い切り笑った。

もう一緒に笑い合えることなんてこの先ないと思ったから、精一杯声を出し、息ができないぐらい笑い合った。

そしてお互い笑いが収まると、真剣な目で涼がこう言った。

「友里。お前はもっと自信を持って良いんだぞ！　お前はすげぇー可愛《かわい》いんだし一緒にいてすごく楽しかった。だから自分なんてダメな奴《やつ》ってもう思っちゃだめだぞ？」

涼の口から信じられない言葉が飛び出てきた。

私のことを『可愛い』って。

学校の皆からはもさもさ頭の口なし女と言われていたから、自分の容姿になんて全く自信が持てなかった。

それに異性からそんな言葉を、一度も言われたことなどなかった。

「う、嘘じゃない？　私はそ、その……。可愛いの？」

「おう！　もっと明るく振る舞えば、すげぇーモテるぞ！　もっと可愛くなるはずだ！　俺が言うんだから間違いはない！」

「あ、ありがとうぅ……。す、凄く嬉しい」

この時の私は、きっと真っ赤な林檎《りんご》の様に赤くなっていたに違いない。

今でもあの時の喜びを覚えている。

どうせ自分なんて……。

いつもそんな否定的なことばかり考えていたけど、涼のこの言葉が私を変えてくれた。

初めて、自分に自信が持てるようになった。

だからかな、こんな約束を急に言い出したのは。

「そ、その涼！　次会う時まで私もっとお洒落《しゃれ》になってるから！　もっと可愛くなってるから！　だから……。そ、その……。次会った時も仲良くしてほしい。また遊んでほしい……」

ギュッと目をつぶりながら、私は勇気をありったけ振り絞った。

嫌だと言われたらどうしよう？

いつもならそう考えてしまうけど、頑張って勇気を出した。精一杯出した。

今伝えないと、絶対に後悔する。

その想《おも》いが私の心を動かした。

「何言ってんだよ、友里。俺達はもう友達だろ？　次会った時も、その次会った時も、一緒に遊ぼうぜ！　友里がもっと可愛くなった姿、俺楽しみにしてる！」

「う、うん！」

風が吹き、草花が揺れる中。
私と涼は小指を結び合い、約束をした。
一体いつまた会えるかなんて分からない。
それでも涼と偶然再会した時にとびっきりお洒落になった自分を見せたい。
そう強く思った。
今考えると、これが初めてかもしれない。
こんなにも誰かを強く好きになったのは……。
だけどこの後。
私と涼に悲劇が訪れる。

◇◇◇◇

約束をした後、私と涼は日が暮れる前に山を下り、二人で帰り道を歩いていた。
次会える時までは二人で一緒に歩くことはできない。涼の横顔も見ることができない。
だから最後に手を握りたかった。
でもちょっぴり恥ずかしくて、胸の奥がムズムズして……。
結局握ることはできなかった。

チラチラと横から涼を見つめることしか、当時の私にはできなかった。

「次いつ会えるんだろうなー」

夕焼け色に染まった空を見上げながら、涼はそう言った。

「わ、分からない。でも、次会う時までに私いっぱいお洒落を勉強するね。もっと可愛くなる」

「おう！　俺も友里に負けない様に、カッコよくならないとなー」

「も、もう涼は十分カッコいいよ……」

「え？　今何か言った？」

「う、ううん。気にしないで。独り言だから」

ボソッと小声で言ったからか、すぐ隣の涼の耳には届いていなかった。

ちょっと鈍感なところもあるんだよね。涼って。聞かれてなくて良かったんだか悪かったんだか……。

「またいつか会えたらその時も一緒に遊ぼうな！」

「う、うん！　沢山思い出作ろう！」

また遊ぼう。

そう言ってもらえるだけで、心の底から嬉《うれ》しかった。

涼と出会えたおかげで色々と自分に変化が生じた。少しだけ自信もついたし、自己肯定感も上がった。

そして……。

恋を知ることができた。誰かを心の底から愛することができた。

今度会えた時は、とびっきりお洒落した自分を見せたい。手を繋《つな》ぎたい。

また一緒に遊びたい。

涼の隣を歩きながら、そう強く思っていたのだが……。

残酷な運命が突如訪れた。


「暴走車だ！　避《よ》けろ！」

前方を歩いていた大人達が一斉に声を発した。

当時の私には暴走車の意味が分からず、声を聞いた途端、立ち止まってしまった。

「おいそこの君達！　すぐにそこから逃げろ！」

その声で、私は一体何が起きているのか？

それをようやく理解できた。

先ほどまで大人達が歩いていた前方から……。

一台の車が猛スピードでこちらへと近づいていた。高齢の夫婦が乗っているのがハッキリ見えた。

このままだと衝突して死ぬ。助からないかもしれない。

分かっていても何もできなかった。

迫り来る死に対して、ただ立っていることしかできなかった。

私……、もう死ぬ。こんなところで死んじゃうのかな？

そう思っていた時。

「友里！　逃げろ！」

あとほんの少しまで暴走車が近づいたところで、隣を歩いていた涼が私を思い切り突き飛ばした。

ぐらんっと視界が揺れ、私の体は暴走車の直線上から大きく外れた。

涼のおかげで、私はギリギリで衝突を避けることができた。

だけど助けてくれた涼は、無事ではなかった。

ゴンッ！

鈍い音が突如私の鼓膜を刺激した。

最初は何の音か全く分からなかったけど、周囲の大人達の反応で徐々に理解した。

「子供が一人轢《ひ》かれたぞ！」

「すぐに救急車だ！」

「肩から血が出てるぞ！　早く手当てを！」

あの鈍い音の正体は、暴走車と涼の肩が衝突した際の音だった。

ついさっきまで隣を歩いていた涼は、数メートル後方まで飛ばされ、倒れている。

辺りには血が飛び散っていて、見るからに重傷。駆け寄った大人達は、必死で涼の傷の手当てにあたった。

その場にいた全員が涼に駆け寄り心配をする中、私は何もできなかった。怖くて怖くて何もできなかった。

私を助けるために、涼は自ら犠牲になった。

その現実が私の心を苦しめた。

大好きだった人を、私が傷つけてしまった。さっきまであんなに元気だった涼は、涙を流しながら必死で激痛に耐えている。

心苦しくなるその姿を、私は見ていられなかった。近寄ることもできなかった。

本来車とぶつかるのは私だったはず。

なのに涼が……。

私がやったんだ。私が涼を傷つけた。私がしっかりしていれば。私がちゃんと避けていたら、こんなことにはならなかった。

涼が傷つくこともなかった。

もし涼が死んだら……私のせいだ。

自己否定や暗い未来を想像し、それらを繰り返した結果。

私は……その場で泣くことしかできなかった。

五分程度してから救急車が来て搬送されたけど、私はただ見ていることしかできなかった。

傍《そば》で声をかけることもできなかった。

ありがとうも告げず、私と涼はここで別れてしまった……。

◇◇◇◇

事故発生の次の日。

引っ越しを済ませた私は、新しい自室に閉じこもっていた。

「昨日の夕方、楽々九町《ららくちょう》にて高齢者ドライバーによる暴走事故が発生しました。幸い死者は出ませんでしたが、この事故で十名が重軽傷を負いました。運転をしていた九十歳の男性ドライバーは、『突然車のスピードが上がった。自分は悪くない。車に異常がある』と、供述しています」

リビングから昼のニュース番組が聞こえてくる。女性アナウンサーの言葉が本当なら、涼は死んでいない。

でも重傷なのは確か。

もしかしたら、後遺症が残っているかもしれない。

そうだったら、間違いなく責任は私にある。謝りたいし、会いに行きたい。

でも涼の家がどこにあるのかも分からない。

今の私にできることなんて何もない……。

ベッドにうずくまりながら一人、ずっと自分を責めていた。

このまま何もできずに終わるのか？

このままずっと後悔し続けるのか？

いつか涼のことを忘れてしまうのでは？

後悔のせいで、せっかく変わることができた私の心が、もう一度分厚いガラスに覆われそうになった時。

『次会う時まで私もっとお洒落になってるから！　もっと可愛くなってるから！』

あの約束を唐突に思い出した。

ああ、そうだ。

もう自分を責めるのはやめよう。泣くのはやめよう。自分を否定するのはやめよう。

だって……。

私はあの約束をしてから。変わるって決めたんだ。

次会う時はお洒落《しゃれ》になって、可愛《かわい》くなるって決めたんだ！

自信を持った新しい自分になるって決めたんだ!!

いつかまた涼に会えた時、生まれ変わった自分になって、『あの時助けてくれてありがとう』って言うんだ！

その想いが、折れかかった私の心を修復し、力をくれた。

いつ会えるかなんて分からない。でも偶然会えた時のために、自分を変える！

その日から、私は自分を変えるための努力を始めた。

お母さんに駄々《だだ》をこねて最新のファッション雑誌を買ってもらったり、髪型を変えてみたり。

自分にできることは何でもした。

いつかまた君に会えた時、生まれ変わった自分の口で、感謝の想いを伝えたい。

涼に会えるその日まで、私は努力を続けたんだ。

第十六話　ごめんね

「友里《ゆり》があの時の女の子だったのか……」

「急にそんなこと言われても信じられないよね。でも私覚えているよ、涼《りょう》と過ごせたあの短い間を。一緒に山に行ったよね。川にも行ったよね。ゲーム機で音ゲーをしたよね。お花畑で約束をしたよね……」

次第に友里の声がか細くなり震えてきた。

そしていつの間にか……。

友里の目から涙が溢《あふ》れていた。

ポロポロッと、彼女の頬《ほお》から涙が滑り落ちる。

「おいっ!?　どうしたんだよ友里!?　急に泣き出して」

友里はただ下を向き、すすり泣いていた。何故《なぜ》急に泣き出したのかは分からない。

だけど、見ているこっちまで悲しくなる。

友里は数秒間黙り込んだ後、顔を上げ、大粒の涙を流しながらこう言った。

「あの時、私は涼にお別れの挨拶を言えなかった！　助けてくれたのに何もできなかった！　何も言えなかった！　ずっと……ずっと涼に会いたかった……」

自身の手を強く握りしめながら、友里はその後も続けた。

「ごめんなさい……。あの時助けてくれたのに、ありがとうも言わずに別れてしまって……。私のせいで涼が死んじゃうと思って、それが怖くて何もできなかった。それが心残りで、ずっと苦しかった。本当にごめんなさい……」

ああ。そうか。

友里が泣いている理由がようやく分かったよ。

感動の再会にもかかわらず、苦しそうに泣いていたのは……。

事故直後、こつぜんと姿を消したことを後悔していたからなのか。

目が覚めたら病院の中にいたから、あの時のことは正直あまり覚えていない。

それに意識がはっきりした時、既に数日経《た》っていた。

友里がいなくなっても、何一つ不思議ではない。

苦しみながらも必死で言葉を出す友里に対し、俺はそっと言葉をかけた。

「泣かないでくれ。俺は別に恨んでなんかいないよ。短い間だったけど、友里と一緒に遊べた思い出は今でも大切にしている。友里とこうして再会できて、俺は心の底から嬉《うれ》しい」

「ど、どうして……どうしてそんなに優しいの？　私は逃げ出したんだよ！　命の恩人なのに、ありがとうも言わずに！　本当は私のことを恨ん」

「それだけはない！」

友里が言いかけた時、俺の口が勝手に動いてしまった。

無意識に。突然動いてしまった。

「目の前で友達が死にそうになってて、何もせずに見ている方がおかしいだろ？　俺は俺のやるべきことをやった。それで肩に傷ができた。でも後悔なんてしていない」

「で、でも……。ど、どうして恨んでないの？　だって……」

「助けたくて助けたのに、どうして恨むんだよ？　友里に大怪我《おおけが》がなかったのなら、俺はそれでいい。無事でよかったよ」

「ほ、本当に？　恨んでないの？」

口をガクガクと震わせながら、さっき以上に友里の目から涙が溢れ出す。

見ただけで分かる。苦しみながら泣くこの姿を見れば分かるよ。

友里がどれだけ長い間後悔をしていたかなんて。

言いたくても、会いたくてもできなかった。

その想《おも》いが何年も何年も積み重なって、ようやく今解き放たれたんだ。

泣かずにはいられないよな。

俺は一歩、また一歩と友里に近づき、そして。

優しく抱きしめた。

彼氏でもない男がこんなことをするなんて、気持ち悪いかもしれない。

でも俺が本当に恨んでいないことを証明するには、こうすることしか思いつかなかった。

「友里、もう気にするな。いつもの元気いっぱいな友里に戻ってくれ。また一緒に遊ぼう。だから……、自分をこれ以上責めるな」

俺の胸の中で、友里は小さくこう言った。

「ごめん涼……。本当にごめんなさい……」

「友里の気持ちは十分伝わった。だからもう謝るな」

「……うん」

友里は小さく細い腕を俺の腰に回し、ギュッと抱きしめてきた。

そして友里はそのまま小声でこう言った。

「ありがとう涼……。あの時助けてくれて本当にありがとう」

数秒間抱きしめた後、友里はそっと手を放し俺の胸元から離れた。

今の彼女の表情を見てみると、目が赤く腫れているが、涙は止まり、苦しみに満ちていた表情はどこかへと消えていた。

「もう十分泣いたか？」

「うん。もう大丈夫。ずっと言いたかったことを言えたから。ありがとう」

「そっか。なら良かったよ。にしても、まさかあの時の女の子が友里だったとは。全然気が付かなかったよ」

俺がそう言うと、どこか嬉しそうにしながら友里はグッと距離を詰めてきた。

「どう？　私変わったかな？　あの時の約束果たせたかな？」

「ああ。すっごい可愛くなっているよ」

「ありがとう、涼。ふふっ」

友里は最後に可愛らしい笑みを見せる。

その顔を見て俺はホッと安心した。もう心残りはないはず。

友里の心を縛っていた鎖は立ち切れたな。

「よし！　肝試しの続きをするか！　早く行かないと、コースから外れたことが先生にバレちまう！」

「うん！　そうだね！　行こう！」

互いに前を向き、暗く細い道を共に歩き出す。

まだまだ距離はありそうだが、楽しく話しながら進むか。

そう思った時、隣を歩いていた友里が、俺の手をそっと握りしめてきた。

「え？」

突然の出来事に、思わず俺は動揺した。

友里の方を見てみると、顔を真っ赤にしながら視線を逸《そ》らしていた。

な、何だ？

どうして急に手を？

「も、もしまた再会できたら、こうしたかった……」

「え？　どういう意味だ？」

「べっ、別に気にしないで！　ちょっと怖くなったから握っただけ。嫌だったら離すけど」

「そういうことなら別に良いよ。俺は気にしない」

友里は俺の手を握りながら、山道を再び歩き出した。


友里と手を繋《つな》いでいる間、意外にも会話はなかった。

俺から何か話題でも振ろうかと思ったけど、友里の顔を見てやめた。

いや。そっとしておいたと言うべきだろう。

どこか嬉しそうで、少しだけ口角が上がっていた。話すよりもこの場は沈黙しておいた方が良さそうな気がした。

手を繋ぎながら五分ほど歩くと、少し先に目的地が見え始めた。

あともう少しで肝試しも終わりだ。色々あったけど、まあこれもまた思い出になる。

「もうそろそろで着くぞ」

「本当だ！　なんだかあっという間だったね！」

今の友里の顔からは、苦しさや辛《つら》さといった負の感情は一切感じられない。

いつもの明るくて元気いっぱいの可愛らしい友里に戻っていた。

ちょっぴり目が赤くなっているがな。

「さすがにこの様子を見られるわけにはいかないし、手離すか」

「う、うん。そうだね。ごめんね」

「いや別に良いよ。全然平気」

友里と手を繋いで目的地に、つまり肝試しを終えた同級生達の前に姿を現すのは、さすがに恥ずかしい。

俺は静かに手を離し、そのまま歩みを進める。

この小さく細い山道を登れば、肝試しは終わりだ。

最後の最後に気合を入れ、歩くペースを上げた時。

「ああ～、ごめん涼。靴ひもがほどけちゃったから先歩いててくれる？」

「一人でも大丈夫か？」

「だ～いじょ～ぶ！　平気平気！　だから先行ってて！」

「お、おう……」

友里に背中を押された俺は、そのまま歩き始める。
どこか強引な気がしたが、まあいいか。
それにしても、あの時の女の子とこうして再会できたのは本当奇跡だよ。
俺としては嬉しい。だがこういった幸福イベントの次にはトラブルがまた訪れる。
これはもはやお約束展開に等しい。
俺はそんなことを考えながら歩いていると、
「ごめ～ん！　やっと結び終わったよ～」
背後から友里の声が聞こえてきた。
同時に地面を強く蹴る音も聞こえる。走っているのか。
「あと少しだしがんば」
前を向きながら俺が言いかけた時だ。
後ろから近づいてきた友里に腕をぐいっと引っ張られた。
突然の出来事に動揺していると、友里が小声でこう言った。
「あの時助けてもらったお礼だよ」
直後、俺の頬に柔らかい感触がした。
最初は一体何が俺の頬に当たったのか、全く分からなかった。
だが視線を向ければ、すぐに分かった。

友里が俺の手を引っ張った後、頬にキスをしてきたのだ。

「なっ⁉　……え⁉」

焦りがピークに達した俺は咄嗟《とっさ》に友里との距離をとる。

う、嘘《うそ》だろ⁉

俺今頬にキスされたのか⁉

恥ずかしさと動揺で、頭のてっぺんから足の指先まで一気に熱くなる。

そんな俺の様子を見た友里は、小悪魔の様にニヤニヤと笑い出した。

「このことは二人だけの秘密だよ？　じゃあ私先に行くね〜」

まるで何事もなかったかのように一人走って行ってしまった。

な、何だったんだ⁉

あの時のお礼をキスで⁉　まさか友里は俺のこと……。

ないないないないないない！

あるわけないっ！

ほ、ほら、海外だと挨拶代わりにキスをするだろう？　きっとそれと同じ感覚でしただけだ。俺のことが好きとかそんなわけない！

だって今まで女子からモテたことないし。

いやでも、何か違う気がする。

やっぱり俺のことを……。

ああ分からんっ！　全く分からん！

何なんだぁぁぁぁ⁉

友里の行動の意図が読めず、俺はただただ混乱した。

払拭しきれない疑問が、俺の心を必要以上に悩ませた。

◇◇◇◇

俺と友里がゴールしてから三十分ほどで、最後のペアが集合場所にたどり着いた。

全員揃《そろ》うまでの間、ずっと夜の星空を見ていたから案外退屈しなかった。

雲が少ないため、星の輝きがしっかりと確認できる。凄《すご》く綺麗《きれい》で感動した。プラネタリウムで見るのとは訳が違う。

ただ一つ気になることが……。

俺が星空を見ていた時も、近くの自販機で水を買った時も、ずっと友里が俺に笑顔で話しかけてきた。また、何度か皆にバレない様に俺の手をそっと握ってきた。

何故《なぜ》そんなことをするのか疑問に思いつつも、あえて言及はしなかった。

友里の気持ちを考えると、彼女の傍《そば》にいることがベストだと、何となくそう思った。

あの時の友里の泣き顔は、そう簡単に忘れられない。

いつも元気いっぱいな友里があんなにも涙を流した。弱々しい声で大粒の涙を流した。

俺に会いたくて、どれだけ謝りたかったのかが、痛いほど伝わってくる。

友里の気持ちがスッキリするまで、しばらく傍にいるか……。

肝試しが終わり、宿に帰る際も俺と友里はずっと離れなかった。

ただ、時折こちらを見つめるひなみの様子が、ちょっと気になってしまった。

どこか悲しい顔をしており、何度も俺と友里の方を見つめていた。

話したいことがある、という様子ではない。

ああ、そうだ。俺を見つめるあの目は……。

どこか羨ましがっていた。

第十七話　私の想い

肝試しが終わり、入浴時間となった。

私は露天風呂に浸《つ》かりながら、涼《りょう》君と友里《ゆり》が楽しそうに会話をしていたあの光景を、何度も思い返した。

あの二人の仲が元々良いのは知っている。でも、急に距離が近くなったような……。

特に友里はずっと笑顔で話しかけていたし、時々涼君の手を握っていた。

肝試しの最中に何があったのだろう？

私は口まで湯に浸かりながら、ブクブクと泡を出した。

事情を友里に聞いても、『え？　べっつに～。ただまあ嬉《うれ》しいことがあっただけかな～』と、楽しそうに言っていただけ。

ブクブクブクブク。

考えれば考えるほど、泡が出る量が増えていく。

気になる。凄く気になるよ。

あんなにも楽しそうに男子と話している友里は初めて見た。

もしかして友里って……涼君に恋をしているのかな？

もしそうだとしたら、色々と思い当たる。

多分、肝試しの時に何かがあって、それを機に友里は涼君を好きになったのかもしれない。

ううん。好きになったに違いない。中学の時からずっと一緒にいたから、何となく分かる。

そっか。友里は新しい恋をしているのか……。

親友が恋をしていることに嬉しさを覚えつつ、しかし心の奥ではちょっとばかりムズムズした感覚に襲われた。

友達の恋は応援したいし、サポートしてあげたい。

なのに、なのに……。

どうして私の心はずっと苦しいの？

どうして嫉妬してしまうの？

ブクブクブクブクブクブク……。

このまま涼君と友里が付き合うことになったら、どうなるのかな？

もし、涼君が私のことを構ってくれなくなったら……。

もし、涼君が他の女性を誰よりも好きになったら……。

そう考えただけで、私の心は悲鳴を上げて苦しんだ。

体中の全細胞が、その現実を認めないと言っている気がした。

どうしたんだろう？　さっきから私変だよ。

そう考え込んでいると、

「おお！　九条《くじょう》じゃないか！　一人で露天風呂を独占しているなんて、贅沢《ぜいたく》な奴《やつ》だなー。私も入っていいか？」

露天風呂の入り口から突然声が聞こえた。反射的に声がした方向に視線を向けると、タオルを巻いた華《はな》先生が立っていた。

「は、華先生！　いつから入っていたのですか？」

「いつからって、ついさっきさ。他の先生よりも先にお風呂に入りたくてな。隣失礼するぞー」

今日一日の疲れを誰よりも早く取りたかったという華先生は、そのまま露天風呂に浸かり、気持ち良さそうな表情を浮かべた。

「いやー。最高だねー。そういえば他の生徒はどうした？　見る限り九条以外いないけど」

「皆先に出ました。私だけ準備に時間がかかって入るのが遅くなってしまったんです」

「なるほどねー。いやー、それにしても気持ち良いー。露天風呂を二人で使えるなんて最高じゃないか」

「確かにそうですね」

「……九条。何かあったか？」

「え？」

突然、華先生は私の顔をジッと見つめながら、そう聞いてきた。

いつもチャラけていて、教師というよりお姉さんの様な雰囲気がある華先生だけど、この時だけは、ちょっとだけ真剣な顔だった。

「べ、別に何もありませんよ」

「おいおい、そう警戒するな。同じ女性だ。悩みがあるなら聞いてやるぞ。あ、もしかして自分の胸の発育が良すぎることについて悩んでいるのか？」

「ええ⁉ べ、別にそんなことで悩んでなんかいませんよ！」

「顔が真っ赤じゃないか。冗談だよ。ちょっとからかっただけだ」

急に顔が熱くなってしまった私は、ブクブクともう一度泡を出して黙り込んだ。

「何があったのか知らないが、とりあえず話してみろ。先生はこう見えて、学生時代は色んな友達の相談に乗っていたから、力になれると思うぞ？」

いつもの華先生なら、生徒をいじったり、からかったりする。結構Sな先生だ。

でも、今の華先生の目を見ていると、どこか頼りになりそうな気がしてきた。

今この場は二人っきり。華先生もそれを分かった上で、私の悩みを聞いてきたに違いない。

「そ、その、先生。だ、誰にも言わないでくださいね」

私は泡を出すのをやめ、真剣な目で華先生を見つめた。

「安心したまえ。話してごらん」

この言葉の後、私は心に抱いている違和感について話し始めた。

「そ、その……さっきから自分の気持ちが分からないんです。その人のことばかり考えたり、用もないのに見つめたりしている。そんな自分が不思議なんです。それに、その人と他の人が仲良くしているところを見ると、こう、心がムズムズして……」

私はそっと胸に手を当て、その後も続けた。

「初めてなんです。こんな感覚に襲われるのは。だからよく分からなくて」

「なるほどなー。九条、お前の言いたいことはしっかりと理解した。心に響いた」

「華先生、これって何なんですか？　私は一体……」

「九条、お前は今ある病気に冒されているんだよ」

「え？　病気？」

その言葉を聞いた私は、思わず固まってしまった。

これが病気？

医学の知識はあまりないけど、それでもこんな症状は聞いたことがない。これが病気だなんて信じられない。

「この年頃になると、誰でも一度はかかってしまう、厄介な病気さ」

「厄介な病気ですか？　それって一体？」

「その病気の名前はな……」

華先生は顔を上に向け、夜空に輝く星を見つめ始める。数秒間黙ったまま星空を見つめた後、優しく微笑《ほほえ》みながらこう言った。

「恋煩いって言うんだ」

「……え？　恋煩い？」

その言葉を私は受け止められなかった。信じられなかった。

だって今まで誰にも恋心を抱いたことのない私が、恋をしているなんてあり得ないよ。

「その人ってのが、どこの誰だが知らないが、間違いなく九条はそいつに恋をしているな。ついその人のことばかり考え、見つめてしまう。こりゃもう恋としか言いようがない」

「で、でも私が恋をしているだなんて……」

「その反応から察するに、九条は今まで恋をしたことがないんだな。よし、じゃあ一つ質問だ。もしその人が他の誰かと付き合って幸せそうにしていたら、どう感じる？」

「ど、どうって……」

「自分の心に聞いてみなさい」

華先生の言葉通り、私は一度呼吸を整え、自分の心に問いかける。

もし涼君が他の誰かと付き合ったら？

もし涼君が他の誰かと愛し合っていたら？

目をつぶってその場面を想像してみる。

「どうだ？　どう感じた？」

「……。その人が幸せそうならそれで良いと思います。で、でも」

「でも？」

「そ、その……心が苦しくなります。どうして私じゃダメだったんだろうって」

「そうか。九条の心は素直じゃないか」

「これが恋なんですか？」

「ああ。それが恋だ」

華先生はその後も続けた。

「その人と一緒に幸せになりたい。傍にいたい。そう思えたら、そりゃ立派な恋だよ」

ああ、そっか。そうか。

その人のことを考えると心が苦しくなり、意味もなく目を向けてしまう。

そしてついその人のことばかり考え込んでしまう。

これってもう……。

私は、涼君に恋をしているんだ。

誰よりも大好きだから、友里と仲良くしているところを見て、心が苦しくなったんだ。

生まれて初めてだな……、誰かをこんなにも好きになったのは。

「さて、私はそろそろ出るとしよう。九条はまだ残るのか？」

「あ、はい。もう少しここにいたいです」

「そうか。のぼせるなよ？　じゃあな」

華先生は最後に私の頭をポンッと優しく叩《たた》くと、そのまま露天風呂を後にした。

華先生に相談してよかった。私の本当の気持ちを知ることができた。

でも、私なんかが恋をして良いのだろうか？

私はまだ……。


あの時助けてくれた男子学生にお礼を言っていない。

助けてもらったのに、私は何もできていない。

見つけることすらできていない。

それなのに私が恋をしても良いのだろうか……。

幸せになっても良いのだろうか……。

今こうして生きていられるのも彼のおかげ。もし彼がいなかったら、私はとっくに死んでいた。

このまま恋に夢中になったら、感謝の気持ちを忘れてしまうかもしれない。

それが凄《すご》く怖い。この気持ちはたとえこの先何があっても絶対に忘れちゃいけない。

でも、どれだけ情報を集めても手がかりすら出てこない。

想《おも》いを伝えたい。今すぐにでも伝えたい。

でも……できない。

時間だけがいたずらに過ぎていく。

私は一体どうしたら……。

第十八話 ― 相談

露天風呂を出た後、私は少し恋について考え込んだ。

恋をしていると分かったけど、正直自分の気持ちを上手《うま》く整理できていない。

心が苦しくて、ムズムズして、つい涼《りょう》君のことばかり考えてしまう。

友里《ゆり》みたいにもっと距離を詰めたい。

でもどうアタックしたら良いんだろう？

少女漫画とか恋愛ドラマはよく見ているから、それをお手本にすれば……。

過去に見た恋愛作品を思い返してみたけど、そのほとんどが、熱いキスをしていたことに気が付き、ボワッと体温が一気に上がってしまった。

さ、さすがにいきなりそれはマズいよね！　いくらなんでもそれは……。

まだ恋人にもなっていないんだし、それはないよね！　ちゃんと段階を踏まないと！

かといって、こんな私が幸せになっても良いのだろうか？

そんなことを考えながら中庭を歩いていると、私の目の前に、夜の星空を一人見上げる涼君の姿が映り込んだ。

その瞬間、ドクンッと私の鼓動が速まる音がはっきりと聞こえた。

ど、どうしてここに涼君が⁉　もしかしてお風呂上がりにそのままここに来たのかな？

寝間着姿だし、多分そうだよね。

「いやー、綺麗《きれい》だなー。ん？　あれ？　ひなみ、一人で何しているんだ？」

涼君が戸惑う私に気が付いてしまった。

ど、ど、どうしよう⁉

「え、ええっと。そ、その……」

ああダメだ。意識し出すとつい慌ててしまう。完全に変な風に見られちゃってるよ。

は、恥ずかしい……。

「もしかして、星空を見に来たのか？」

「え？　あ、うん。ちょっとのぼせちゃったからクールダウンも兼ねて」

「ああ、なるほど。ここから見る星空もまた綺麗だろ？　さっきの肝試しの時とはまた違う見え方だ。綺麗で言葉が出ないよ」

綺麗な星空を見て、ニッコリと笑う涼君の姿を見ると、なんだかこっちまで嬉《うれ》しくなる。

好きな人が幸せそうにしていると、私まで幸せな気持ちになれるんだね。

「うん。確かに凄く綺麗だね」

「だろ？　何枚も写真撮っちまったよ」

そのまま私達は夜の星空を一緒に見上げた。

好きな人とこんなロマンチックなことができるなんて。

こんな時間がずっと続けば良いのに……。

そんなことを考え込んでしまったせいか、私達の間にしばらく会話はなかった。

何か話そうと思っても、緊張と焦りのせいで、何を話したらいいのか全く分からない。

同時に、恋をしている自分に罪悪感を抱いてしまい、頭が回らなかった。

しばらくの間、私の口は閉じっぱなしになってしまう。

「もう十分見たし、そろそろ部屋に戻ろうかな」

五分ほど沈黙した後、涼君がようやく口を開いたと思えば、そんなことを言ってきた。

ああ。もうお別れか。

何も発展しなかったな。未熟さと罪悪感で、私は何もできなかった。

友里みたいに、距離を縮めることができなかった。

「ひなみもクールダウンを終えたら、部屋に戻っとけよ？　あんまりここに長くいたら風邪引いちまう。じゃあ、俺は部屋に戻るわ」

涼君はクルッと背を私に向け、そのまま一人歩き出してしまった。

その背中を見ているだけで、ギュッと心が苦しくなる。ずっと傍《そば》にいてほしいと思ってしまう。

隣でまた話したい。その声を聞きたい。

私の想いを知ってもらいたい。

そう思っていると、足が勝手に動いた。こんな自分が恋をしても良いのかと思いつつも、
自然と涼君の後を追いかけていた。

追い付こうと必死で走り、そして。

涼君の右手首をギュッと摑《つか》んでしまった。

「え？　どうした？」

突然の出来事に、涼君が私の方へと顔を向ける。

自分でも何をやっているのか分からない。

何でこんなことをしたのか全く分からない。

私はまだ助けてもらった命の恩人に何もしていない、ダメな人だ。

でも。それでも。

一歩でも涼君との距離を縮めたい。

私が恋をする資格なんてあるわけがない。そんなことは分かっている。

でも、それでも。

少しでもいいから、前へと進みたい。

「涼君！　あのね……。私、涼君と出会えて本当に良かったと思ってる。いつも助けてくれるし、傍《そば》にいてくれる。でも一方的に頼ってばかりだなって。だから、涼君が困った時は、遠慮なく言ってほしい。私も涼君の力になりたい。涼君を支えたい」

言葉をここで一旦切り、スーッと息を吸い込んだ後。

私は涼君を真《ま》っ直《す》ぐ見つめながら、こう言った。

「涼君の傍にいたい……」

言ってしまった。本当に言ってしまった⁉

ど、ど、ど、ど、ど、どうしよう⁉

勢いで変なこと言っちゃったよ！　距離を縮めようと意識しすぎたせいで、思い切ったことを言っちゃった！

ああ、恥ずかしい。急に何を言っているんだろ……。

ブシューッと一人勝手に顔が火照《ほて》る。こんな姿見られたくない。

恥ずかしさのあまり顔を下に向け、涼君から目を逸《そ》らした。

もうダメだ。ダメだよ。

そう思っていたけど、そんな私に涼君は優しい言葉をかけてくれた。

「べ、別に良いよ。俺は気にしていないし。友達が困っていたら、助けたくなるもんだろ。だから変に気にするな」

その言葉を聞いた私は思わず顔を上げた。

すると、目を横に逸らし、ちょっとばかり顔が赤くなっている涼君の顔が映り込んだ。

嫌がっている様には見えない……よね？

「じゃ、じゃあ、そろそろ俺は行くよ」

「あ、うん。おやすみなさい」

私がそっと手を離すと、涼君はそのまま中庭を出ていった。小さくなっていく涼君の背中を、私は静かに見つめた。

何で私急にあんなことを言ってしまったんだろうか。

少しばかり冷静になると、先ほどの自分の言動に改めて疑問を抱いてしまった。

恋をしているとはいえ、ちょっと乱暴だったよね。

私って、不器用だな……。

そう思う反面、気になることが一つあった。

私は涼君の右手首を握っていたから、涼君の脈がしっかりと伝わってきていた。

だから、私が『傍にいたい』と言った時、どうして涼君の脈が速まったのか、それが気になってしまった。

でもいくら考えても分からない。分からないことは、どんなに考えても分からない。

「恋って、本当分からないな」

私は夜風に当たりながら、もうしばらく星空を見つめた。

どうして国語のテストの時は登場人物の心情が分かるのに、現実だと上手くいかないんだろう……。

第十九話　ありがとう

ひなみと中庭で別れた後、俺は男子部屋へと向かった。
一体何だったんだ、ひなみのあの言葉は……。
どうして急にあんなことを……。
でも不思議だ。
何故《なぜ》か心が満たされている。
心が凄《すご》く温かくなって、もう一度聞きたいぐらいだ。
こんな感覚に襲われるのは初めてだ。
一体何なんだ、この心の違和感は？
俺はひなみの『傍にいたい』という言葉を思い出し、一人勝手に喜んでいると、
ブーブーブー。
俺のスマホが、突然鳴り出した。
いきなり電話かよ……。

俺はスマホの画面を確認し、誰がかけてきたのかを確認した。

画面には、『ドS王女』の文字がしっかりと表示されていた。

……え？　古井《こい》さんから電話？

い、嫌な予感しかしない。だが出ないとそれはそれで厄介なことになる。

一応出て、何か無理難題を押し付けられたら、無理やり逃げよう。

「も、もしもし」

「電話に出るまでに四コール。随分と遅いわね」

何で数えているんだよ。普通数えないでしょ。

「い、いやー。気が付くのが遅れてしまって」

「ふぅーん。気が付くのが遅れてしまった、ね……」

え、何その意味深な言い方。ちょっと怖いんだけど。

「それで用件はなんでしょうかドエ——じゃなかった古井さん」

「今ドSって言おうとしたでしょ？」

「い、嫌だなー古井さん。そんなこと言うわけないだろう？　きっと通信が悪くてそう聞こえただけだよ」

あぶねぇ！　古井さん相手に油断してると本当どうなるか分からん。

「まあいいわ。それよりも今すぐ部屋に来なさい」

「はい？　部屋に来い？」

古井さんの言葉に、俺は思わず聞き返してしまった。

「今から古井さんの部屋に行って、何するの？」

「何って、トランプゲームよ。ひなみが部屋に戻ったら、女子三人でやろうと思ったけど、もう少し人数が欲しいわ。あなたも来なさい。今ならピチピチの女子高生と一緒に遊べるわよ」

「そんな言葉を使って俺を誘うな。中年のおっさんじゃないんだし」

「あら？　ピチピチという言葉は嫌だったかしら？　じゃあ」

「別の言葉使っても同じでしょ！」

この人は本当余計なことをすぐ言うな。

「それで？　来てくれるのかしら？」

俺は古井さんの言葉の後、少し考え込んだ。

クラスの男子の数は俺を含め五人。だから部屋割りなどせず、全員同じ部屋で寝ることになっている。

班行動で仲を深められなかったので、夜の時間で距離を縮めるしかない。

枕投げをした後、皆で気になる女子について語り合う。それがお泊まりイベントの鉄板。

それを逃せば、今後の交友関係に響く。

悪いが古井さん、俺は男子どもを優先する！

「ざ、残念だなー。もうすぐクラスの男子全員で枕投げをする予定なんだ。今部屋で準備中。だからちょっとそっちには行けないなー」

ちなみに、まだ枕投げなどをするとは決まっていない。

というか肝試しが終わってから、まだ一回も話していない。

嘘《うそ》をついてすまないが、見逃してくれ。

「あらそう。それは残念ね。じゃあ電話を切るわ。ああ、そうそう。切る前に一つ言っておくわ」

「え？　何？」

「電話を切ったら、後ろを見て頂戴。お願いね」

そう言うと、古井さんは電話を切った。

一体最後の言葉の意味は何なんだ？

よく分からないまま、俺は後ろを向くと、廊下の奥に……。

スマホを片手に持った古井さんが、静かにこちらを見つめていた。

……。

あ、やばい。やばいよこれ。

一気に全身からやばい汗が流れ出る。

顔が引きつる俺に、古井さんは一歩ずつ近づいてくる。そして俺の前に静かに立ち、ニッコリと笑った。

「部屋にいると言っていたのに、どうして廊下にいるのかしらね？　ふふ」

え、やだ、何その笑み。怖い怖い！　めっちゃ怖いって！

「え、ええっとですね」

ロボットの様にぎこちない動きで顔を逸らし、古井さんの笑みを見ない様にした。

だがそんなことをしたところで、古井さんから逃げられるわけがない。

「中庭でひなみと話しているところを目撃してしまってね。ちょっと後をつけてたのよ。このまま帰すと何か面白くないし、部屋に来てもらおうかと」

こ、この人あの現場を見てたのか！　俺を尾行し、その上で電話をしてきたのかよ！

クソッ！　またしてもやられた！　この人はいつも俺の想像の上を行くよ！

「み、見てたんですか」

「ええ。何を話していたのかは知らないけど、ちゃんと見てたわ」

「そ、そっすか」

「じゃあ部屋に案内するわ。勿論《もちろん》来るわよね？　私に堂々と嘘を言ったのだし、それぐらいはするわよね？」

またしてもニッコリと笑う古井さん。もうその笑顔が悪魔にしか見えねぇ。

「は、はい。行きます……」

こうして、俺はものの見事に古井さんに捕まり、無事部屋へと連行された。

女子部屋では、トランプゲームをして遊び、案外これが盛り上がった。

まあ普通に楽しかったし、これはこれで結構思い出になったのだが。

皆が笑っている時、ひなみが少し暗い表情をしているのが、俺はちょっと気になってしまった。

何かあったのだろうか？

ひなみの表情が気になるが、ここでとんでもない問題が発生してしまった。

トランプゲームに夢中になっていたせいで、消灯時間である十一時を過ぎていることに、気づかなかった。

もし廊下をうろついているところを見られれば、説教されるのは間違いなし。

かといってこのまま女子部屋に残るのもアウトだ。

ここは先生に見つからない様に、男子部屋に戻るしかない。

俺は静かに部屋を出ようとしたが、まさかの障害が立ちはだかる。

「な……。嘘だろ……。華《はな》先生が部屋の前で見張ってるじゃねぇか！」

ドアののぞき穴から外を見てみると、番犬の様な目つきをした華先生が目の前でパイプ椅子に座っている。

俺みたいに消灯時間を過ぎているのに、部屋から出ようとする生徒を問答無用でしばくつもりだ。

華先生が握っている木刀が禍々《まがまが》しく見えてしょうがねぇ。

「何でこの部屋の前で見張りをするんだよ。ちくしょう！」

俺の口から、つい愚痴がこぼれる。

この状況で部屋に戻ることはほぼ不可能。絶対に無理だ。見つかったらただじゃ済まない。

「ど、ど、どうしよう⁉　このままじゃあ涼《りょう》君が帰れなくなっちゃう！　どうしたらいいの⁉」

何故か俺の代わりにあたふたするひなみ。

そんな彼女とは対照的に、古井さんは落ち着いた態度でこう提案してきた。

「無理にこの部屋から出なくてもいいんじゃないかしら？　もうこの部屋に泊まれば？」

「「……え？」」

俺とひなみの口から同じ言葉がこぼれる。

さすがにこの提案は予想できねぇだろ……。

「いやいや古井さん。さすがにそれは無理でしょ」

「今部屋から出れば私達も怒られるわ。それにいつ先生の見張りが終わるのか分からない

読めてました的な顔しているし。

のよ？ それまでずっと起きてるのも面倒だわ。もう早く寝たいし」

「ええっ⁉ でもさすがに男子がいるのは良くないでしょ！」

な、何だこのヤバい展開は⁉ 何で古井さんはこんなに冷静なの⁉ むしろこの展開は

ん？ 待て。ということはまさか……！

俺は古井さんの傍《そば》まで近寄り、耳元で小さくこう囁《ささや》いた。

「も、もしかして古井さんこの展開を狙ってた？ 絶対そうでしょ？」

「さあー？」

「いや、何ではぐらかす⁉」

「勘違いしているわね。別に私は何もしてないわよ？」

「え、それ本当？」

「ええ。華先生に『消灯時間後に誰かこの部屋から出るかもしれないから、見張っておいた方が良いですよ』って言ったくらいで、何もしていないわよ」

「原因それじゃねぇか！」

また俺をハメやがったな！

こうなることを見越して、無理にトランプゲームを延長させていたのかよ！

このドSがぁ！ 本当に俺の予想を超える行動ばかりしてきやがる！

「ひなみと友里《ゆり》はどうする？　私は別に泊めてあげても良いけど、お二人は？」

古井さんは俺の反応をスルーしながら、二人の方に視線を向けた。相変わらず俺の意見なんて聞きやしねぇ。

「ん～。まあ帰れなくなっちゃったなら、仕方ないか！　涼なら私全然良いよ～。むしろ大歓迎かな！」

友里のその言葉は嬉《うれ》しいが、この状況じゃ素直に喜べねぇ。

「ひなみはどうかしら？」

「わ、私は……。二人がそれでいいなら良い……かな。涼君なら信用できるし」

おいマジか。古井さん以外の女子二人も賛成かよ。

「じゃあそういうわけだから、一晩ここに泊まりなさい。良いわね？」

「で、でも」

「い・い・わ・ね？」

「は、はいぃ……」

やっぱそうですよね……。

友里と感動の再会ができた次は、お約束の展開ですよね……。

本当何でトラブル続きなんだよ！

ちくしょうっ！

不幸だぁぁぁぁぁ！

こうして、俺は仕組まれたシナリオ通りの結末を辿《たど》り、女子部屋で寝ることになってしまった。一応、クラスの男子には、事情があって戻れなくなったことを伝えたのだが……先生にバレないことを願おう。

ちなみに、布団の並びはトランプゲームで全戦全勝した古井さんが一方的に決めた。

左から、ひなみ、俺、古井さん、友里の順番だ。

はぁー。これ絶対眠れないだろ。

◇◇◇◇

女子部屋に泊まることが決まってから数時間が経過。

女子の寝息だけが聞こえる部屋で、俺はハッキリと意識が覚醒していた。

クソ……。やっぱり全然眠れない……。

右を見ても、左を見ても美少女しかいない。本当もう勘弁してくれ。

一応朝早く起きて、こっそり男子部屋に戻るつもりだが、それまでどう耐える？

無防備に寝ている美少女三人を前に、俺は理性を保てるのか？

い、いかんいかん！　変なことを考えるな！　考えたら終わりだ！

俺は男の欲求を無理やり消し、無心になろうと心がけた。

だがどうにも、無心になれない。意識すればするほど、無心になれない。

ああ、ダメだこりゃ。ていうか何で俺の青春はこうトラブルばかり起きるんですかね？

神様俺のこと嫌ってますよね？　普通に男子の友達できないんだけど？

「はぁー、眠れねぇー」

俺は天井を見つめながら、ボソッと呟《つぶや》いた。

すると、隣から突然声が聞こえてきた。

「涼君起きてるの？」

ひなみだった。

壁の方に体を向け、俺に寝顔を見せない様にしていた。

「わりぃ。今ので起こしちまったか？」

「ううん。大丈夫だよ。私も眠れなかったから」

「ひなみもか」

「うん。ちょっと考え事してて」

「考え事？」

「考え事っていうか、悩み事かな。別に大したことじゃないんだけどね」

悩み事……ね。

思い返せばトランプをしている最中も、ひなみは時折暗い顔をしていた。

ちょっと気になっていたが、悩み事が原因だったのか。

「俺でよければ相談に乗るぞ？」

「え、で、でも。また迷惑かけちゃうよ。いつも助けてもらってばかりだし、これ以上は……」

「気にするなって。友達なんだしさ。それに話せば気が楽になるよ」

「で、でも……」

「大丈夫だ。だから話してみなって」

ひなみは数秒間黙り込んだ後、壁の方を向いたまま、静かに話を始めた。

「あ、あのね……。私、そ、その……。好きな人ができたの」

「……え？」

悩み事って恋愛かよ⁉

今まで恋愛経験ゼロな俺が、『千年に一人の美少女』の恋愛に上手《うま》くアドバイスできるわけねぇ！

マジかよ……。でもひなみはわざわざ言いたくないことを無理して話してくれたんだ。

できる限りでもいいから、力にならないと。

「なるほど。恋をしているのか」

「うん。その人のことを考えると、心がムズムズして、苦しくなって、他の誰かと一緒にいるところを見ると、つい嫉妬してしまう。最初はこの感覚に戸惑ってしまったけど、気が付いたの。私はその人を誰よりも好きなんだって。大好きだから気になってしまうんだって」

そうか……。ひなみは恋をしているのか。こんな絶世の美女に好かれるなんて、一体どの男なんだ？

俺は相手が気になりつつもあえてそれについては、言及しなかった。

何せ、俺は男子の友達が未《いま》だにいない。たとえ知ったところで、良い情報を提供できる自信がない。

「なるほどな。トランプをしている時に表情が暗かったのは、そいつに好かれるにはどうしたら良いのか考えていたからか？」

「ううん。違う」

「え？　違うの？」

俺はつい聞き返してしまった。話の流れ的に、どう振り向いてもらうかについて悩んでいるのかと思ったが、どうやら違うらしい。

「じゃあ何に悩んでいるんだ？」

俺の質問に、ひなみは静かにこう言った。

「恋愛をしても、幸せになっても良いのかなって」

「え？」

今なんて……？

俺の聞き間違いじゃなかったら『幸せになっても良いのかな』って言ったよな？

どういうことだよ。何でそんな否定的なことを考える？

俺は先ほどのひなみの言葉について、その詳細を求めた。

すると、ひなみはどこか震えた様子で話し出した。

「通り魔に襲われた時、とある男子学生に助けてもらった。彼は私にとって命の恩人なのに、私は直接お礼をできていない。見つけることもできていない。このまま恋をして、幸せになったら……私は彼に対する感謝の気持ちを忘れてしまうかもしれない。それが怖い。凄《すご》く怖いの。だからつい考えてしまう。私が本当に恋をしても良いのかなって。幸せになっても良いのかなって……」

俺はひなみの本当の悩みを聞き、黙り込んでしまった。

ひなみは助けてくれた男子学生に、つまり俺に対し直接お礼をしていない。

それなのに人生を満喫したら、その恩を忘れてしまいそうで怖い。だから一歩踏み出せずにいた。

ひなみは真面目で、他人想《おも》いだ。自分の連絡先をしつこく求めてくる人に対しても、傷つけないように言葉や態度を考える。

逆にその他人想いの性格が、今の彼女の心を苦しめてしまっている。

もしこのまま放っておけば、ひなみの心は徐々に壊れていく。

それだけは絶対にダメだ。

助けなきゃ。でないと、あの時ひなみを助けた意味がなくなる。心が壊れたら、もうどうしようもない。

それに、ひなみが苦しんでいると俺まで苦しくなる。

「そんなこと考えちゃダメだ。ひなみ。だって……お前は誰よりも幸せになる権利がある」

「え？」

ひなみの反応を無視しながらも、俺は続けた。

「恩返しってのは、感謝の気持ちを伝えることだけじゃない。たとえ言葉が届かなくても、想いが届かなくても、それでも……。幸せな日々を送れているのなら、それがこの世で一番の恩返しだ。幸せに生きるって、不思議なんだよ。自分を支えてくれてた人も、周りの人も幸せにしちまうからな。仮に嫌な気持ちになる奴《やつ》がいたとすれば、そいつはただの自己中で、他人の気持ちに寄りそえない奴だ。周囲が何と言おうと迷うことはないよ。もし誰かが否定的なことを言ってきたら、俺が何度でも慰めてやる。だから……。思い切り恋をしていいんだ。思い切り人生を楽しんでいいんだ。そして……。誰よりも幸せになっていいんだ」

俺がここで自分の正体を言っても良かった。あの男子学生は実は俺で、もう感謝の気持ちは伝わっている。そう言っても良かった。

でも、もし俺がここで打ち明ければ、ひなみは動揺する。

せっかく恋が始まろうとしているのに、邪魔しちゃ悪い。

自己評価を上げるために助けたわけじゃない。

助けなきゃって思ったから、助けた。ただそれだけだ。

むしろ俺の方がひなみに謝らないといけない。あの事件を機に、凄い有名人になってしまって、色々と迷惑かけちまった。

だからな、ひなみ。

迷う必要も、悩む必要も、苦しむ必要もねぇ。

「もう……。本当涼君は凄いよ。どんなに困っている時でも、苦しい時でも助けてくれるんだもん」

ひなみのその声は、どこか弱々しかった。顔を向こうに向けているから分からないが、涙を堪《こら》えているのかもしれない。

「元気出たか？」

「……うん。涼君の言葉で元気が出た。私決めたよ。精一杯人生を楽しむ。恋をする。そして誰よりも幸せになる。それが今の私にできる最大の恩返しだと思うから」

「ああ。それがベストだ。もうぐっすり寝られそうか？」

「うん！　ありがとうね、涼君」

いつもの調子に戻り、俺は安堵《あんど》した。

俺の役目は終わり。あとはさっさと寝よう。

深い眠りに入るために瞼《まぶた》を閉じようとした、その時だ。

「そうだ、涼君。最後に一つ言いたいことがあるの」

ひなみはそう言うと、ゴソゴソッと音を立てながら俺の方に近づいてきた。

そして俺の耳元で、小さくこう囁《ささや》く。

「涼君のこと、誰よりも信用してる。ありがとうね」

その声に、言葉に、俺の体は一瞬にして熱くなった。

反射的に目をひなみの方に向けると……。

頰《ほお》をほんのりと赤く染め、キラキラとした可愛《かわい》らしい瞳で、俺のことをジッと見つめていた。

ドクンッ！

俺の鼓動はバチに叩《たた》かれたかの様に速まった。

あまりに近いもんだから、思わずびっくりしてしまった。

ひなみは満足そうな笑みを浮かべた後、そっと壁側に体を向け、そのまま眠ってしまった。

い、一体今の笑みは何だったんだ？

あんな笑みを見せられたら俺眠れねぇ！

事実、俺が深い眠りに入ったのは、あの笑みを見てから一時間ほど後だった。

まあでも、ひなみの悩みを解決できたのなら、チャラかな。

感謝の言葉より、俺はお前の笑っている顔が見られれば、それで十分だよ。

第二十話　俺の過去

ブーブ。

俺の耳元で、バイブレーション式のアラームが鳴り、目が覚めた。

時刻は午前五時。何故《なぜ》こんな早い時間にアラームをセットしたのか？

その答えはたった一つ。

朝早く起きて、こっそりと男子部屋に戻るためだ。

ここは女子部屋。当然、このフロア全ての部屋に女子が寝ている。

もし俺がこの部屋から出てくるところを目撃されればどうなるか。

考えただけでも震える。

この時間ならほとんどの生徒が寝ているはず。その隙にこっそりと男子部屋に戻れば、この危機的状況を打開できる。

俺は目を何度かこすり、隣で寝ているひなみに目を向けた。

「すー。すー」

随分と静かな寝息だ。それに寝顔もすげぇ可愛い。まるで王子様のキスを待っている王女様みたいだよ。

俺はそっと立ち上がり、ドアの前まで歩く。

すると、ドアに一枚の付箋が貼られていた。

「ん？　何だこれ？　何か書いてあるぞ」

俺は付箋を手に取り、そこに記載されている文字を読み始めた。

『起きたら一階のロビーに来なさい。勿論《もちろん》一人で。待っているわ。古井《こい》より』

古井さんからだと分かった途端、俺は咄嗟《とっさ》に布団の方に顔を向けた。

いない。あの人がいない。ひなみと友里《ゆり》の姿しかないぞ。

ひなみの寝顔を見ていたから、全然気が付かなかった。

えぇ……。何で俺呼び出しされてるの？

というか何で古井さん俺の起きる時間把握しているの？

俺は頭をくしゃくしゃとかきながら、静かに部屋を出た。

◇◇◇◇

「ちゃんと来てくれたわね。やっぱり私の読み通り」

ロビーに着くと、ソファーに座っている古井さんの姿があった。

こんな朝早いというのに、ちっとも眠たそうな顔をしていない。いつも通り、クールな顔をしていた。

「何で俺が起きる時間分かったの？　俺言ってないよね？」

俺がそう聞くと、古井さんはクスッと鼻で笑った。

「君の考えることなんて、手に取るように分かるわ。朝早く起きて男子部屋に戻るつもりだったでしょ？　なら、君が起きる時間より私が先に起きればいいだけの話」

「仮に俺の考えていることが分かったとしても、どうして起きる時間まで分かった？」

俺は起きる時間を女子三人には一切言っていない。にもかかわらず、古井さんは俺より早く起き、予《あらかじ》め付箋をドアに貼っていた。

俺が起きる時間を把握していないとできない。

「知ってる？　スマホの機種にもよるけど、ロック中でもタイマーの設定はいじれるのよ？　君が眠った後に、タイマー設定を覗《のぞ》かせてもらったわ。でも安心しなさい。プライベートには干渉していないわ」

「な、なるほど……。その手がありましたか」

最近のスマホはロック中でもタイマーの設定ができる。それを利用して、俺が何時にアラームをセットしたのかを確認したのか。

本当、この人はいつも俺の一歩先を行くよ。

「ん？　待て。俺が眠ってから確認したのか？」

「ええ。おかげであまり眠れていないわ」

俺は古井さんのこの言葉に、思わず体が固まってしまった。

古井さんは俺が寝てからスマホを覗いたということは……。

「もしかして、俺とひなみの会話聞いてた⁉」

「聞いてたというより、普通に聞こえたわ。隣で話していたんだから、嫌でも聞こえる。でも友里は熟睡していたみたいだから、君とひなみの会話を知っているのは私だけよ」

「マジッすか？」

「うん。随分とカッコいいこと言っていたわね」

「や、やめてくれ……。ちょっと恥ずかしいから……」

俺はひなみとのやり取りを思い出し、急に体が熱くなってしまった。

普通に恥ずかしい。何でよりによってドS王女が聞いているんだよ。

「俺を呼び出したのって、もしかして夜のやり取りについてか？」

「まあ多少関係しているわね。でも本命はちょっと君とお話がしたいからよ」

「え？　俺と？　二人っきりでか？」

「ええ」

俺を見つめる古井さんの目は、いつもとは少し違っていた。

それが少々気になったが、俺はあえて聞かなかった。

◇◇◇◇

「まだ五月だけど、やっぱり早朝は少し冷えるわね。もう少し厚着で来れば良かった」

「確かにちょっと寒いな」

二人っきりで話すため、俺と古井さんは宿の周辺を散歩することにした。

ロビーで話していては、先生や他の生徒の邪魔が入るかもしれない。

周囲は山で囲まれているので、朝日による暖かさよりも、肌寒さの方が勝っている。

「古井さんが俺と二人っきりで話をしたいって、中々珍しいよね。それで話って何だ？」

俺は早速本題へと入っていった。もう少し雑談をしていても良かったが、早く部屋に戻りたいという思いに勝てなかった。

「ちょっと君にあの事件のことに関して聞きたいことがあったからね。二人っきりの方が、君も話しやすいでしょう？」

「まあ、そりゃ。他の人に聞かれたらマズいし」

俺の正体を知っているのは、この世でただ一人。すぐ隣で歩いている見た目ロリだが、その中身はドSの古井さんだけ。

俺の気持ちをくんでくれて、周囲には黙ってくれているが、その分いじられているのも事実。

ドSだからしょうがないけど。

「昨日のひなみの相談に乗ってくれたのは感謝しているわ。でもね、話を聞いていた時に……ううん。前々からずっと疑問に思っていたの。どうして君は、ひなみに正体を打ち明けないの？」

「え？」

戸惑う俺だが、古井さんはその後も続けた。

「君が周囲に正体を明かしたくない気持ちは分かるわ。でもどうしてひなみには言わないのかしら？　あの子は誰もが認める美少女よ。『千年に一人の美少女』だなんて名前も付いているし。私なら、ひなみにだけ正体を明かして、好感度を上げることを考えてしまうわ。きっと他の人も同じことをすると思う」

古井さんの言いたいことは分かる。確かに、ひなみにだけ正体を明かし、好感度を上げることはできる。あんなに可愛い子から感謝され、命の恩人として見られれば、さぞ気持ちいいだろうな。

これは俺や古井さんだけじゃない。他の人も同じことを考えるはずだ。

最悪、あの『千年に一人の美少女』と付き合えるかもしれないんだ。そりゃ黙っている方が圧倒的に損。

普通はこっそりと正体を明かしたくなる。

「古井さんの言う通り、普通ならそうするよな……。でも俺にそれをする資格はない。俺がヒーローを名乗る資格はないんだ」

「どういうこと？」

不思議そうに見つめる古井さんに、俺は自分の過去を。

救えなかった同級生の話を始めた。

「俺には小学二年の時から仲が良かった友達がいたんだ。そいつは女子だったけど、ほぼ毎日遊ぶぐらい、仲が良かった。でも中学に上がると同時にそいつは……。他の同級生から虐《いじ》められるようになった」

「え……？　どうして？」

「理由なんてないさ。良くない連中があいつに目をつけただけだ。初めはちょっとした嫌がらせから始まったけど、日々エスカレートして、体中に暴行された跡が残るほどにまでなっちまったんだ」

「先生に報告とかはしたの？」

「勿論したさ。でもどの先生も仕事で忙しくて誰も動いてくれなかった。だから俺が守ろうと思って、とある人に武術を教わったんだ。もう傷つかない様に。どんな時でも守れる様にって」

「なるほど。それがきっかけで武術を学んでいたのね」

「ああ。でも……。救えなかったんだ。あいつが苦しんでいる時に、俺は傍《そば》にいてやれなかった。そしていつの間にか、お別れの言葉も言わず他県に引っ越してしまった。一番助けたかった人を、俺は守れなかった。救えなかった。そんな俺が……、ヒーローを名乗る資格なんてねぇよ」

今俺が言った言葉に嘘《うそ》偽りはない。全て本当だ。

救えなかったのも事実。

助けられなかったのも事実。

何もできなかったのも事実。

そんな俺が、良い人面してヒーローを名乗る資格なんてあるわけがない。

そう思っていたが、

「涼《りょう》、こっちを向きなさい」

俺の話を聞いた古井さんが、静かにそう言った。

いつもはクールで小悪魔的な笑みを浮かべる古井さんだが、この時だけは真剣な表情だった。

俺の目を真っ直《ま》ぐ《す》に見つめ、あのドSさがどこかへ消えていた。

初めてだ、こんな古井さんを見るのは。

そして古井さんは表情を変えることなく、そっと右手を俺の頬《ほお》に添え口を開いた。

「涼にそんな過去があるとは思いもしなかったわ。気持ちは分かった。自分の正体を打ち明けるかは自由だから、特にこれ以上言うつもりはないわ。でもね、これだけは言わせて。いつまでも過去を引きずっていてはダメよ」

「え？」

「ひなみと同じく、涼も前に進みなさい。助けられなかった未来があるのなら、それ以上に誰かの未来を助けなさい。涼にはそれができる。通り魔が暴れる中、涼だけがひなみを助けるために動いた。皆が恐怖で自分の命だけを考えている中で、涼だけが他者のために動いた。それができるのだから、誰かの未来を守れる力が涼にはある。だから前を向きなさい。ひなみは良い意味でも悪い意味でも有名人になってしまったわ。今後も変な輩《やから》があの子の前に現れる。その度にあの子を守りなさい。正体を隠しながら、影のヒーローとして」

古井さんのこの言葉は。

頬に添えている手は。

優しくて温かかった。

いつも俺のことをいじっては、一人ニヤニヤしているドSだけど、困っている時は、なんだかんだ励ましてくれる。

俺は溢《あふ》れそうになる涙を必死に抑えた。

古井さんにだけは泣き顔を見られたくない。もし見られたら、絶対いじられる。

「泣いても良いのよ？」

「泣くか」

「無理は良くないわね。『泣いても良いですか？』って、目が訴えているわよ？」

本当鋭いな。何で分かるんだよ。

「アホ。間違っても古井さんの前でだけは泣かないよ」

「それは残念ね。写真撮りたかったのに」

「写真撮ろうとしてたのかよ！　やっぱり悪女だよ、あんたは！」

「ええ。とびっきりの悪女よ？　いじりがいのある人はとことんいじるもの」

そう言うと、古井さんは俺の頬を添えていた手で捻《ひね》ってきた。

「こ、古井さん。地味に痛いんですけど……。せっかく良いこと言っているのに、これじゃ台無しだよ」

「やっぱりいじるのは楽しいわ。特に君は」

小悪魔の様な笑みを浮かべる古井さん。

だがゆっくりと頬から手を離し、そして……。

優しい笑みを浮かべた後、静かにこう言った。

「でもね……、ちょっとばかり友達想《おも》いなところもあるんだからね？」

初めて見る古井さんの純粋な笑顔に、俺は開いた口が塞がらなかった。

氷の様に冷たく、それでいて隙あらばすぐ人をいじる。

そんなドSな彼女が珍しく可愛《かわい》らしい笑みを見せるなんて、反則じゃねぇか。

「どう？　元気出たかしら？」

「ああ。もう十分出たよ。ありがとな、古井さん。俺決めたよ……」

朝日に照らされながら、俺は決意した。

「正体を隠しつつ、ひなみを……いやあいつだけじゃない。俺の友達全員を守るよ。俺も前に進まないとな」

「そう。その言葉が聞けて良かったわ」

古井さんは俺の頬からそっと手を離すと、一人歩き始めた。

「そろそろ部屋に戻りましょうか。皆が起きる前にね」

「そうだな」

俺達が宿に戻り始めると、鳥達が綺麗《きれい》な声を鳴らし始めた。

あちこちから、様々な鳥の声が聞こえる。

鳥の言葉なんて理解できないが、何故《なぜ》かこの時だけは……。

俺が一歩踏み出せたことに、喜んでいる様に聞こえた。

◇◇◇◇

古井さんとの朝の散歩が終わってから少し経《た》ち、朝食の時間を迎えた。

俺は適当に席に着き、両隣がいなくて寂しいが、一人静かに食べ始める。

「色んなことがありすぎて、別の意味で一生忘れられない思い出になりそうだ」

昔遊んでいた女の子が実は友里だったこと。

女子部屋に泊まることになってしまったこと。

そしてひなみに好きな人ができたこと。

色々ありすぎて、既にお腹《なか》いっぱいだ。

「俺の青春は何でこんなにトラブル続きなんだよ」

一人ボソッと呟《つぶや》いた時だ。

「おっ！　そこにいるのは涼じゃないですか～」

背後から声が聞こえたので振り向いてみると、朝から満面の笑みを浮かべる友里の姿が見えた。その後ろにひなみと古井さんもいる。

「おはよう。よく眠れたか？」

「もっちろん！　そういう涼こそちゃんと寝られたのかな〜？　古井ちゃんから聞いたよ？　朝早くに部屋に戻ったんだってね〜。ずっといれば良かったのに」

「一緒にいるところを見られたら、どうするんだよ」

「そう言ってるけど本当はちょっと嬉《うれ》しかったでしょ？　あ、もしかして、寝ている間に、私達にエッチないたずらをしていたりして〜？」

「す、するわけないだろっ！　普通に寝たわ！」

「えぇ〜本当かな〜？」

友里はニヤニヤしながら、俺のすぐ傍《そば》まで寄ってくる。そしてそのまま背後から俺の耳元にグッと近づき、こう囁《ささや》いてきた。

「ま、涼だったら私は気にしないけどね」

「……え？」

さすがにビックリしすぎて固まってしまった。

女子からこんなことを言われて無反応でいられるはずがない。

冗談……なのか？

それとも本音か？

衝撃の発言で思わず頭が真っ白になりつつも、俺はすぐさま聞き返した。

「ゆ、友里……、それどこまで本気？」

「さあねぇ～？　どこまでが本気なのか、自分で考えてみてねぇ～」

「い、いや分かるわけねぇだろ！」

「涼は鈍感ですな～。あ、そうだ。私ちょっと部活の子に用があるから、先食べてて。じゃっ！」

最後にウィンクをすると、友里は席から離れ他クラスの生徒が座っている方へと行ってしまった。

な、何なんだ友里の奴《やつ》。

あの言葉はそのまま真に受けて良いのか？

いや、お調子者の友里のことだし、俺のことをからかっている可能性も……。

でも、もしかしたら冗談ではないかも……。

あー！　分からん！　全く分かんねぇ！

肝試しを機に、すげぇ友里が変わった気がする。なんか凄《すご》い距離を詰めてきている様な。

俺の考えすぎか？

それとも俺のこと……。

いやいやいや！

やっぱ俺の考えすぎだ！　友里は天邪鬼《あまのじゃく》なだけだ。あまり深く考えないでおこう。

それに俺は今までモテたことがないんだ。勝手な妄想かもしれない。

変に期待しないでおこう。ちょっと距離が近くなったぐらいで、勝手に勘違いするのも良くないし。

俺は友里の言動に戸惑いつつも、朝食に食らいついた。

「涼君、隣座っても良いかな？」

次に話しかけてきたのは、ひなみだ。

「おう。いいよ、ひなみ」

ひなみはそのまま隣の席に座り、一方古井さんは俺の向かいの席に座った。

朝食を食べながら俺達は会話を始める。

「涼君、肝試しが終わってから凄く友里と仲良くなったよね。昨日部屋でトランプをしていた時も、ずっとべったりくっ付いていたし。何かあったの？」

「い、いや。ま、まあ色々あってだな。話すと長くなる」

「も、もしかして……っ、付き合ってたりして？」

「え？　俺と友里が？」

「う、うん」

「んなわけあるか。付き合ってないぞ」

「そっか……。ちょっと安心」

「い、いや何でもないよ！　き、気にしないで！　わ、わー。このパン凄く美味《おい》しいそー」

「え？　安心？　何で？」

何故か顔を真っ赤にしながら、ひなみはパンをせっせと口に運んだ。

俺はひなみの不思議な行動に疑問を抱いていると、向かいの席に座る古井さんが何故か不気味に笑っていることに気が付いた。

え、何この人。何でちょっとだけ口角上げてるの？　怖い、怖い。

「古井さん、何故俺を見ながら笑う？」

「別に。ただ面白くなりそうだなって」

「え？　どゆこと⁉」

「自分で考えてみたら？」

何この意味深な発言は。マジで怖いんですけど。

まあどうせ聞いたって、ドSの古井さんが正直に教えてくれるはずもない。

「古井さんも友里と同じことを言うのかよ……」

俺は愚痴をこぼしつつ、残りの朝食に食らいついた。

肝試しや女子部屋に泊まったことを機に、友里とひなみは変わった。

友里は過去のトラウマを克服し、ひなみは思い悩んでいたことから解放され、全力で恋ている。

何故か二人共、俺との距離が以前よりさらに縮まっている気がする。

俺としては友達を助けることができて嬉しい。しかし妙なことが一点。

心を縛っていたものが二人共なくなり前を見ている気がする。全力で今を楽しもうとしている。

朝からこんな調子のまま、二日目の林間学校のプログラムを行った。

宿を出発するのは、昼食後。それまでの間林業体験学習を行った。

林業関係者や現地の人と一緒に林業について学んだり、体験活動を行った。

勿論《もちろん》班行動でだ。

朝と同じく俺をからかい、距離をグッと詰めてくる友里。

対してひなみも俺の傍《そば》を離れず、ずっと近くに。

そしてそれを面白そうに見る古井さん。

妙な三角関係のまま林業体験を終えた後、腹いっぱい昼飯を食った。

夜更かしをしてさらに林業体験で体を動かしたため、ほとんど体力が残っていない。

だから美味しいご飯を食べた後は、睡魔に襲われ、帰りのバスでは思い切り熟睡してしまった。
後で華《はな》先生から聞いたが、帰りのバスでは生徒の八割が寝ていたらしい。
帰りのバスでやることは、寝るに限るよな。

エピローグ

俺達が熟睡している間に、バスは解散予定の駅周辺にいつの間にか到着していた。

正直あと三時間は寝ていたいが、華先生《はな》に叩《たた》き起こされてしまった。

華先生は、バスの乗降口で生徒全員が降りたことを確認した後、

「よーしお前ら！　これで林間学校は終わりだ！　今日の思い出を青春の一ページに刻んでおけよ？　あ、あとそれから寄り道せずに真《ま》っ直《す》ぐ家に帰ること。保護者が待っているはずだ。では解散としよう！」

疲れを一切感じさせないほどの声量で、最後の挨拶をした。

結構夜遅くまで起きていたと思うけど、一切疲れていない様に見える。

さすが華先生だ。

さて。これで林間学校も終わりだし、さっさと帰りますか。

俺は荷物を持ち、そのまま地下鉄のホームに向かった。

有難いことに、俺がホームに着くと同時に、乗車予定の車両が姿を見せてくれた。

タイミングピッタリ。

ドアが開くと、俺は車内の席に腰を下ろした。人の数はかなり少なく、席の多くが空いている。

到着するまで、また寝ようかな。

寝顔を見られない様に、顔を下に向けた時だ。

「あれっ⁉　どうして涼《りよう》君がここに⁉」

突然俺の名を呼ぶ声がすぐ目の前から聞こえた。

随分と聞き覚えのある声だ。もうだいたい分かっている。

「この電車で帰る予定だけど、ひなみもか？」

「うん！　おばあちゃんの家に用があってね。この電車に乗るんだ。隣座っても、良いかな？」

ひなみは不安そうに首を傾《かし》げる。

「別に良いよ。ほらよっと」

俺は体を右側に寄せた。

「ありがとう！」

不安そうな表情から一瞬にして笑顔に変わると、ひなみは俺の隣に座り込んだ。

それと同時に、電車がゆっくりと走り始める。

「涼君、林間学校楽しかったね」

「そうだな。色々あったけど、やっぱ楽しかった。お泊まりイベントは最高だな」

「うん。またお泊まりしたいね」

「次のお泊まりイベントは修学旅行だから、あと一年と少し待たないと」

「そっか……。まだだいぶ先だね。でも今からでもワクワクしちゃう」

「さすがに気が早いわ」

「ふふっ。そうだね」

ひなみが小さく微笑《ほほえ》んだ後、俺達の会話は一旦途切れた。

電車が揺れ動く音だけが、車内に響き渡る。

チラッとひなみの方を見ると、今にも瞼《まぶた》が目を隠そうとしていた。

「寝てもいいぞ？」

「え？」

俺の提案に驚いたのか、ひなみは俺の方を見つめてきた。

「昨日は結構夜遅くまで起きていたし、午前中の林業体験学習でさらに疲れただろ？　別に寝てもいいぞ？　駅に着いたら俺が起こしてやるし」

「いいの？」

「おう」

「じゃあお言葉に甘えちゃおっかな」

ひなみはそう言うと、静かに俺の肩に頭を乗せてきた。

「め、迷惑かな……？」

「い、いや平気だ」

言葉ではそう言っているが、俺の内心は今にもはじけ飛びそうなほど、ドキドキしている。

最後の最後にまさかこんなリア充イベントが起きるとは思ってもいなかった。

「ご、ごめんね。迷惑かけちゃうけど。二十分ぐらいしたら、起こしてほしい」

「了解。それまでぐっすり寝てな」

「うん。ありがとう。ちょっとね……るね……」

ひなみはゆっくりと目を閉じ、そして眠ってしまった。

俺の方にずっしりと体重をかけ、寝息をたてている。

近くで見ると、本当可愛《かわい》いな。

ああ。そういえば、ひなみと初めて出会ったのは、この電車だったっけ？

あの時はお互い向かいの席に座っていたけど、今じゃあこんなにも距離が縮まっちまったのか。

焦るべきなのか、喜ぶべきなのか正直分からん。

でもな、ひなみ。
俺決めたよ。
この先どんなことがあっても。
どんな時でも。
俺が必ず守ってやるからな。
影のヒ、、、ー、、、ロ、、、ー、、、と、、、し、、、て、、、。

あとがき

皆様はじめまして！　作者の水戸前《みとまえ》カルヤです！

この度は私の書籍をご購入していただき、ありがとうございます。

ひなみと涼《りょう》のラブコメはどうだったでしょうか？

楽しめた！　ニヤニヤした！　と少しでも思っていただけたら嬉《うれ》しい限りです。


本作ですが、実はカクヨム発の作品となっております。

コンテストで受賞した……というわけではなく、いわゆる打診を受け、書籍化しました。

打診を頂いた時の感動は今でも覚えています。

心臓がバクバクして、何度も頬《ほお》をつねりました。

だってあのスニーカー文庫からですよ!?

はいそうですかって、素直に受け止めることなんてできませんよ！

人生何が起きるか分かりませんね～。

さて、ラノベ作家デビューを果たした水戸前カルヤですが、本当の戦いはこれからです。

ラノベ界には大物作家さんが多く、彼らに勝たないと存続はできません。

く～、やっぱプロの世界は厳しいですね！　二巻出したいな～。

さらに！　実は大学三年生でして、これから就職活動が始まります。

え？　作家なのに働くの？

そう思っているそこのあなた！　考えが甘いですよ！

プロの世界は厳しいので、専業でやっていけるかどうか怪しいです。

それに私自身、大学一年生の冬に本格的に執筆活動を始めたので、作家としての実力はまだまだです。

はぁー、就職活動なんてしたくないです……。

自己分析、業界研究、社員訪問、インターン……。

やることが多いですね（笑）

それに頑張って内定を頂いても、そこで活躍できるかどうか非常に不安です。

就活と執筆、大学、そしてラノベとは別件のお仕事。

この四つを上手《うま》くこなしていかないといけないため、中々にハードモードです。

他の学生に比べたら遊べる時間、就活に当てられる時間は少ないです。

ですがそんなこと全く気にしませんよ！

とにかく全力で何事も頑張りたいです！

行きたい企業様から内定を頂き、執筆や仕事も上手く進め、そして無事に大学を卒業する。

これを第一目標としております！

中途半端にやったら、せっかくの機会が無意味になってしまいますからね。

ですので、一ラノベ作家として頑張りつつ、たくましい社会人になれるように、この水戸前カルヤ、精一杯頑張るつもりです！

応援お願いします！


最後に。

私の担当編集者であるK様。可愛《かわい》いイラストを描いてくださったひげ猫様。

本当にありがとうございます！

特に担当編集者のK様には、色々とご迷惑をおかけしたと思います。

本当にすみませんでしたぁぁぁぁ！

何度自分の未熟さに絶望したことか……。

ですがこうして本作を出せたことを嬉しく思います！

そしてひげ猫様もありがとうございます！

イラストが可愛くて本当に素晴らしかったです！
読者の皆様、担当編集者のK様、ひげ猫様。
全ての人に感謝を！
ありがとうございましたぁぁぁぁ！

読者アンケート実施中!!

ご回答いただいた方の中から抽選で毎月10名様に
「Amazonギフトコード1000円券」をプレゼント!!

URLもしくは二次元コードへアクセスし
パスワードを入力してご回答ください。

https://kdq.jp/sneaker

[**パスワード：c2txk**]

●注意事項
※当選者の発表は賞品の発送をもって代えさせていただきます。
※アンケートにご回答いただける期間は、対象商品の初版（第1刷）発行日より1年間です。
※アンケートプレゼントは、都合により予告なく中止または内容が変更されることがあります。
※一部対応していない機種があります。
※本アンケートに関連して発生する通信費はお客様のご負担になります。

スニーカー文庫の最新情報はコチラ!

新刊 / コミカライズ / アニメ化 / キャンペーン

公式Twitter

[@kadokawa sneaker]

公式LINE

[@kadokawa sneaker]

友達登録で
特製LINEスタンプ風
画像をプレゼント!

地下鉄《ちかてつ》で美少女《びしょうじょ》を守《まも》った俺《おれ》、名乗《なの》らず去《さ》ったら全国《ぜんこく》で英雄扱《えいゆうあつか》いされました。

著　水戸前《みとまえ》カルヤ

角川スニーカー文庫　23395

2022年11月１日　初版発行

発行者　山下直久

発　行　株式会社KADOKAWA
〒102-8177 東京都千代田区富士見2-13-3
電話　0570-002-301（ナビダイヤル）

印刷所　株式会社暁印刷
製本所　本間製本株式会社

Printed in Japan　ISBN 978-4-04-113091-9　C0193

★ご意見、ご感想をお送りください★
〒102-8177 東京都千代田区富士見 2-13-3
株式会社KADOKAWA　角川スニーカー文庫編集部気付
「水戸前カルヤ」先生
「ひげ猫」先生

角川文庫発刊に際して

角川源義

第二次世界大戦の敗北は、軍事力の敗北であった以上に、私たちの若い文化力の敗退であった。私たちの文化が戦争に対して如何に無力であり、単なるあだ花に過ぎなかったかを、私たちは身を以て体験し痛感した。西洋近代文化の摂取にとって、明治以後八十年の歳月は決して短かすぎたとは言えない。にもかかわらず、近代文化の伝統を確立し、自由な批判と柔軟な良識に富む文化層として自らを形成することに私たちは失敗して来た。そしてこれは、各層への文化の普及滲透を任務とする出版人の責任でもあった。

一九四五年以来、私たちは再び振出しに戻り、第一歩から踏み出すことを余儀なくされた。これは大きな不幸ではあるが、反面、これまでの混沌・未熟・歪曲の中にあった我が国の文化に秩序と確たる基礎を齎らすためには絶好の機会でもある。角川書店は、このような祖国の文化的危機にあたり、微力をも顧みず再建の礎石たるべき抱負と決意とをもって出発したが、ここに創立以来の念願を果すべく角川文庫を発刊する。これまで刊行されたあらゆる全集叢書文庫類の長所と短所とを検討し、古今東西の不朽の典籍を、良心的編集のもとに、廉価に、そして書架にふさわしい美本として、多くのひとびとに提供しようとする。しかし私たちは徒らに百科全書的な知識のジレッタントを作ることを目的とせず、あくまで祖国の文化に秩序と再建への道を示し、この文庫を角川書店の栄ある事業として、今後永久に継続発展せしめ、学芸と教養との殿堂として大成せんことを期したい。多くの読書子の愛情ある忠言と支持とによって、この希望と抱負とを完遂せしめられんことを願う。

一九四九年五月三日

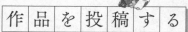

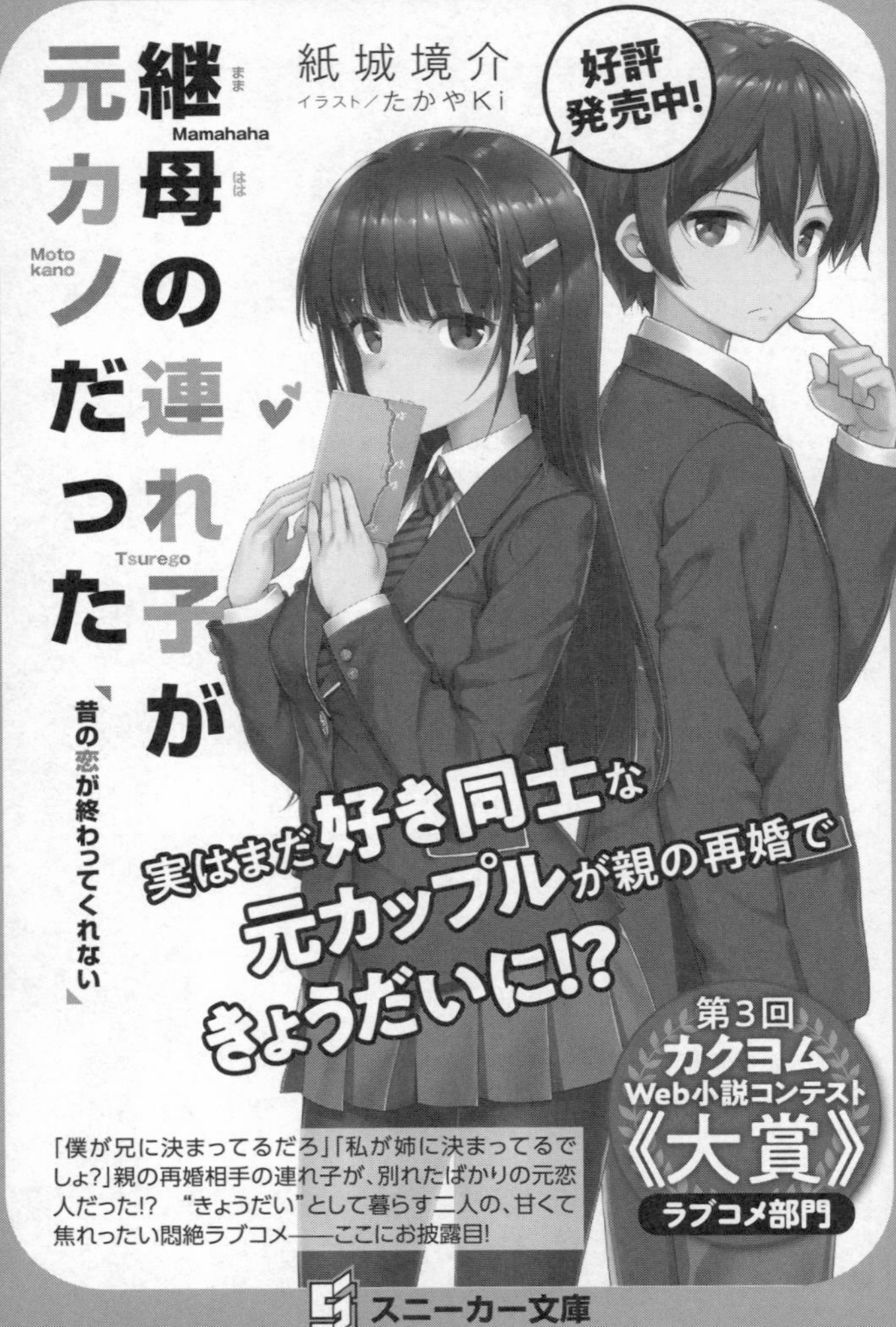
継《まま》母《はは》の連れ子が元カノだった
Mamahaha Tsurego Moto kano
「昔の恋が終わってくれない」
紙城境介
イラスト／たかやKi
好評発売中!
実はまだ好き同士な元カップルが親の再婚できょうだいに!?
第3回カクヨムWeb小説コンテスト《大賞》ラブコメ部門
「僕が兄に決まってるだろ」「私が姉に決まってるでしょ?」親の再婚相手の連れ子が、別れたばかりの元恋人だった!?　“きょうだい”として暮らす二人の、甘くて焦れったい悶絶ラブコメ――ここにお披露目!
スニーカー文庫

「私は脇役だからさ」と言って笑う
そんなキミが1番かわいい。
クラスで2番目に可愛い女の子と友だちになった
たかた
［イラスト］日向あずり
第6回
カクヨムWeb小説コンテスト
特別賞
ラブコメ部門
『クラスで2番目に可愛い』と噂の朝凪さん。No.1人気の天海さんにも頼られるしっかり者の彼女は……金曜日の放課後だけ、俺の家に遊びに来る。本当は無邪気で甘えたがり。素顔で過ごす、二人だけの時間。
スニーカー文庫

カノジョに浮気されていた俺が、
小悪魔な後輩に
懐《なつ》かれています
My coquettish junior attaches herself to me!
御宮ゆう
イラスト えーる
からかわないと、
照れくさいから。
ちょっぴり 大人の青春ラブコメディ!
特設ページはコチラ!
しがない大学生である俺の家に、一個下の後輩・志乃原真由が遊びにくるようになった。大学でもなにかと俺に絡んでは、結局家まで押しかけて——普段はからかうのに、二人きりのとき見せるその顔は、ずるいだろ。
第4回
カクヨム
web小説コンテスト
《特別賞》
ラブコメ部門
スニーカー文庫

一緒に浮気《しかえし》しましょう？
彼女が先輩にNTR《ねとら》れたので、先輩の彼女をNTR《ねとり》ます
震電みひろ
illustration
加川壱互
大学一年生一色優は、彼女のカレンが先輩の鴨倉と浮気している事を知る。
衝撃のあまり、鴨倉の彼女で大学一の美女・燈子に「俺と浮気して下さい!」
共犯関係から始まるちょっとスリリングなラブコメ、スタート!?
スニーカー文庫

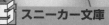

Милашка❤
時々ボソッと
ロシア語でデレる
隣のアーリャさん
燦々SUN
イラストももこ
story by sun sun san
illustration by momoco
ただし、彼女は俺が
ロシア語わかる
ことを知らない。
特設
サイトは
▼こちら!▼
スニーカー文庫